時の剣

―平成の陰陽師・橘 宗輝物語―

石井 稔

文芸社

本作品は、橘流陰陽道総本部の協力を得て、実話に基づいて構成したフィクションです。

橘流陰陽道総本部、陰陽師・橘《たちばな》宗輝《そうき》氏以外の登場人物、団体等は実在いたしません。

目次

どこまでも果てしなく闇が広がっている。

一筋の光さえも見えない無明の闇。

闇はすべての生あるものに純粋な恐怖心を呼び起こさせる。

その闇の中をひとりの男が早足で歩いて行く。

漆黒の闇の中を、手探りもせずに、まるですべてがはっきりと見えているかのように歩いて行く。

どこへ向かうのか。

この闇の世界には終わりがあるのか。

男の歩いて行く先にはその答えがあるのだろうか。

男の歩いた後に微かな光の筋が生じてゆく。

細かい金色に輝く小さな砂のような何かのかけらが、男の体から滑り落ちて、そこに男の歩いてきた軌跡を残してゆく。

無限に続くように見える闇のまた闇の中で、男はふと立ち止まり、今まで自分が歩いてきた方向を静かに眺める。

すると男が歩いてきた道筋だけが、濃い闇の中ではっきりと輝き、ゆらゆらとその光が揺らめいているのが見えた。

どこからか爽やかな風が吹いてくると、まるでそれがきっかけだったかのように、闇の中から男のシルエットがくっきりと現れ始めた。

橘流陰陽道総本部の一日

東の空が明るくなる。

橘《たちばな》宗《そう》輝《き》は開け放した窓際に座り、初夏の朝の新鮮な空気を呼吸しながら、じっと東の空の一点を見つめている。

周辺だけを赤く染めた薄い雲と、もうすぐ日の光にかき消されてしまう星を見つめている。

生まれたばかりの朝の大気や、ゆったりと吹いてくる風が、ゆっくりと昇りくる太陽の光と相まって何かの予兆を現しているかのようだ。

何気ない時間、わずかな時の狭間、移ろいゆく瞬間にも、またひとつの哲理があるのだろうか。

橘流陰陽道総本部を、九十九里浜がどこまでも続く千葉県の白子町に開いてから、静かな明け方に、遠く聞こえてくる微かな潮騒の音を、聞くとはなしに聞くのを楽しみにしている。

橘は単調な波の音にゆっくりと呼吸を合わせて、朝のわずかな時間に、こうして日常の忙しさを一時忘れ、来し方を振り返るのだった。

橘宗輝は橘流陰陽道総本部を主宰している第三世の宗家だ。

陰陽師としての修行を積み始めてからすでに二十年以上の歳月が経つ。

それは思えば長い年月だったとも言えるし、あっという間に過ぎてしまった年月だとも言える。

『修行に終わりはない。これからもまた修行の日々が続いてゆくのだ』と胸の中でつぶやく。

橘は祖父であり、橘流陰陽道を確立した人物である、橘流陰陽道第一世宗家、橘宗春の修行を受けた。

陰陽道は中国の春秋戦国時代頃に遡る。

陰陽五行説、天文術を基とし、物事の意味、働きを知ることにより、大自然の摂理に従い将来を予測するものである。

日本においては、奈良時代に朝廷に伝わることにより、社会の中枢に浸透していった。

科学技術の発達した現代では、陰陽道が人々の生活に表立って現れることはあまりないが、その力は目に見えないところで、十二支や暦、御札、風水、占いのように形を変え、強く働いているのである。

橘が陰陽道の修行を受けたのは、家業として受け継がなければいけないというような必要性があったからではない。

いつ頃だったか、今となってははっきりと思い出すことさえ難しくなってしまったが、それは橘が小さい頃、まだ小学校に上がるか上がらないかというくらいの頃にまで遡る。

　橘は物心ついた頃から、自分の胸の奥に光り輝く存在のあることに気づいた。

　その光り輝く存在は人の形をしていた。

　目を凝らすようにしてその存在を見つめると、姿形が微妙に自分とは違っているのがわかるのだが、明らかにその光り輝く存在が自分自身であると感じた。

　非の打ち所のない完璧なまでの姿形や顔立ちに、子どもの頃の橘は畏敬の念を持つとともに、暖かい温もりに包み込まれるような安心感を得ることができたのだった。

　安心感は不思議なエネルギーを子どもの頃の橘に与えることにより、誰にも負けないという強い自信の根源になった。

　当然そこには克己の精神の芽生えがあったのである。

　胸の内の光り輝く存在はその時以来消えることもなく、橘の成長に伴って輝き自体もその光度を増してゆくようであった。

　橘は何かある度にその胸の内の光り輝く存在に問いかけるようになっていった。

自問自答というような単純な行為ではなく、己の中の別の人格、人格というよりも神格とでもいえるような存在に語りかけるような感じだった。

今思えばその光り輝く存在が橘の中で見えるようになってから、橘のまわりで不思議なことが起こり始めたようだった。

たとえば、人の死を予知したり、無意識に自転車のブレーキをかけると、今まで気配さえなかったのに車が突然目の前を過《よ》ぎったり、どうしても見つからないでいた失物を簡単に見つけ出したり、人々の体からぼんやりとした光が出ているのが見えたりした。

そのぼんやりとした光は、その人自身が持つ生命力あるいは気のエネルギーのようなもので、オーラと呼ばれるものと同じもののようであった。

その人の健康状態や感情の起伏に連動するように、その光はぼんやりとしたものから強いものまで、目まぐるしく時々刻々と変化しているのを、当たり前のように見ることができたのである。

子どもの頃の橘はいくつもの不思議な体験を、自分の胸の中の光り輝く存在に帰結することなく、ごく自然に、不思議を不思議とも思わずに過ごしてきた。

それでもただ一度だけ、小学校二年生の時に母親に相談をしたことがあった。

橘流陰陽道第二世宗家でもあった母親は、身体があまり丈夫ではなかったために、除霊等の依頼があってもそれを断ることがあった。

その分、子どもと一緒に過ごす時間が多くなり、橘は母親の愛情を十二分に受けて成長していったのである。

いつものように母親は橘の話を親身に聞き、たとえ今はわからなくてもそのうちに必ず、そのことを理解する時がくるから何も心配することはないと諭してくれたのだった。

やがて学生時代になると、物事をより科学的に見るような傾向が橘の中に生まれてきた。

今までの自分の体験が、科学的に説明のつかないことを多く経験してきたことがわかり、自分が他の人たちと明らかに違っているのではないか、ということに気づいたのである。

偶然という言葉で片づけることのできないような、無意識に危険を察知したり、失物を見つけたり、オーラの強弱を見ることにより、その人の未来を予知したりしたことを思い出すと、そのすべての時に、橘は自分の中の光り輝く存在を感じていたという事実に行きつくのだった。

学生最後の夏休みを利用して、富山県の魚津市に暮らしている祖父の元を訪れた橘は、思い切って自分の中にある光り輝く存在のことについて話をしてみた。

自分の不思議な体験の話を、祖父のように真剣に聞いてくれる人は珍しかった。祖父の仕事柄、頭ごなしに否定されることはあるまいと思っていたが、真摯に橘の話を聞いてくれた上に、ひとつのアドバイスさえしてくれたのである。

科学的に解明することができないのであれば、別な方向からその事象を解明してはどうか、と。

夏休みを利用して祖父の元に弟子入りした橘は、乾いた砂が水をよく吸い込むように、陰陽道の基本を吸収していった。

橘自身、求めていたものにやっと出合えたという実感があった。

学業を終えた橘は、新たな気持ちで再び祖父の元を訪れ、橘流陰陽道の一弟子として、橘宗春に弟子入りしたのである。

厳しいはずの修行が、橘には楽しくて仕方がなかった。

橘が探し求めているものの回答への入り口が、大きく開かれたように思えてならなかった。

物理的な対象としての宇宙は、満天の星空を見上げることでその存在を確認することができるように、橘は自分の内面にある広大な宇宙を、陰陽道の修行を通して、より確かなものとして確認することができたのだ。

日々の修行による研鑽と錬磨を経て、次代の橘流陰陽道の宗家としての、長く険しい道のりを歩いてきたのである。

『あの修行の日々に感じた偉大なる存在は、我が胸中、方寸の内に広がっていたのだ。光り輝く存在はまぎれもなく神であり、それは何も私にだけ特別に存在するものではない。すべての人々の胸の内にも、それは存在しているのだ。誰もが気づかずにいるだけなのだ。私の使命はそれを気づかせ、表に出してやることなのだ。陰陽道を通じて、すべての人々の内に、光り輝く存在が顕現することを願うのみだ』

回想に終止符を打ち、立ち上がった橘の目の隅に、橘流陰陽道総本部に住み込みで修行をしている内弟子のひとりが、庭を箒で清めているのが目に入る。

同世代の若者たちの大半は、まだ熟睡をむさぼっている時間帯だ。

彼らも実によくやってくれている。

橘は目を細めながらそう思った。

もしかするとそれは、かつての自分自身に重ね合わせての感傷なのかもしれない。

内弟子が、立ち上がった橘に気づいて挨拶をする。

おだやかに一言、二言、言葉をかけてやり、橘は総本部の神殿所に向かって歩き出した。


朝の掃除を終えて、新鮮な空気の入れ換えが済んだ神殿所では、橘の一番弟子の陰陽師である東城慶風が、神饌を三方に載せてお供えをしているところだった。

神饌の基本は洗米と塩と水である。

洗米と塩は平瓮に山形にして盛り、水は水器に入れて蓋を取り、米を中心にして向かって右側が塩、左側が水という具合に並べるのが普通である。

まだ不慣れな修行中の弟子が並べ方を間違えたりするのだが、その度に、橘はきつく叱ることなく、神や神饌、神殿所にあるさまざまな祭器等について丁寧な指導をする。

空気を入れ換えていた窓を閉めて朝の祝詞奏上が始まる。

橘を中心にして東城と内弟子がきちんと並び、二礼、二拍手、一礼をしてから祝詞を奏上する。

ついさきほどまで、物音もなく静まり返っていた神殿所に、唱和された祝詞の声が響いてゆく。

祝詞は祓詞から始まり、神棚拝詞、大祓詞と淀みなく続いてゆく。

掛介麻久母畏伎伊邪那岐大神
筑紫乃日向乃橘小戸乃阿波岐原爾

御禊祓閉給比志時爾生里坐世留祓戸乃大神等
諸之禍事罪穢有良牟乎婆
祓閉給比清米給閉登白須事乎聞食世登
恐美恐美母白須

心身を清め、朝の清浄な空気の中で、神棚に向かい祝詞を奏上している情景は、遙か太古から連綿と続いているひとつの儀式のように感じられる。唱和された声が、巨大な鐘が鳴り響いたあとの余韻のように、神殿所いっぱいに響いては広がってゆく。

時間の経過とともに精神の集中がより深くなってゆくのがわかる。祝詞を奏上した後には『橘流瞑想法』『橘流神言唱和法』と、橘流陰陽道独特の修行が続く。

『橘流瞑想法』も『橘流神言唱和法』も、いずれも橘流陰陽道の初代宗家である橘宗春により、既存のものを深化発展させ、完成度もより高く創られたものであったが、橘はそれをより一層完全なものへ、修行を志すすべての者の身につくようにと、いくつかの改良を加え、確立したものである。

それにより、創成された本来のものとは微妙に違う内容のものになってしまってはいるが、陰陽道を一部の人々だけが継承してゆくという、閉鎖的で独占的な、今までの権威主義に凝り固まった者の姿勢に対して、明確な疑問を持つ者としてのひとつの意思表示でもあるのだった。

橘が弟子たちによく言うことなのだが、一日一日の修行の積み重ねこそが最も重要なのだ。

本当の修行とは、滝に打たれたり、山にこもったりと、見た目に派手な修行ではなく、きちんとした日常生活の中でしっかりと身につけてゆくものなのだ。

とはいえ、橘自身も、若さに任せて何日間も飲まず食わずのままで、山中を歩き続ける修行をしてみたり、激しい滝に打たれてみたりと、厳しい修行をしたこともある。

むしろ人一倍そういう辛い修行を積んできたからこそ、日々の、単調でありながらも自律を必要とする修行を大切にしているのだ。

健全な肉体に健全な精神が宿るとよく言われるが、日々の積み重ねのない、場当たり的な、形だけの、見せかけだけの修行は肉体をひどく摩耗させ、むしろ、いじめ抜かれた肉体として、どこか歪んだ精神を宿すようになってしまうのである。

単調な生活に基づいた修行を経てからでなければ、昔から行われてきた修行法のどれもが、身につかないどころか、修行者自身をだめにしてしまうのだ。

また、継続して自己を律しながら生活してゆくということさえもできない者に、厳しい修行がつとまるはずもないのである。

朝の修行をすることで、こうして新しい一日が始まることを身をもって確認し、敬虔な気持ちでその日一日を過ごしてゆくのだ。

祈願祈禱をはじめ、除霊や出張鑑定と、全国各地から依頼されるために何かと出張が多い橘と東城が、こうして弟子たちと一緒に祝詞を上げていることは久しぶりのことだった。

朝のお勤めを終え、橘は弟子たちと同じ一汁一菜の朝食を食べる。

橘流陰陽道総本部の裏庭が菜園になっていて、そこで収穫された野菜が食卓にのぼることが多い。

質素な食事ではあるが、自然のままに時季の物を摂ることが、肉体だけではなく精神の糧にもなるのである。

食事を終えて自室に戻った橘は、今日のスケジュールを確認する。

予定の入っていない午前中に、先月から新しく取りかかった執筆作業を進めようと思い、書棚から資料を取り出し始める。

そのとき激しいブレーキの音が聞こえた。

橘が窓際に近づき外を覗くと、内弟子が慌てて鳥居の方に駆け出して行くのが見えた。

時計を見ると橘流陰陽道総本部の業務の始まる九時ちょうどだった。

橘は顔をしかめると「またか」とつぶやいた。

外に出てみると、鳥居の周りに先ほどの内弟子と、車から降りてくる浦上正観の姿があった。

外に出てきた橘を見つけて、浦上が慌てて駆け寄ってくる。

鳥居と車の隙間はほとんどない。

間一髪のところだった。

「おはようございます。少し寝坊しましたので急いできました。申し訳ありません」

と言いながら、浦上は東城を探すようなそぶりをしている。

東城が今朝のこの事件に気がついていないことを祈っているようだ。

橘流陰陽道の陰陽頭である東城は、その職務上、弟子たちの些細な間違いにも厳しく接している。

そして東城に一番小言をもらうのがこの浦上なのだった。

そんな浦上の様子を見て、橘は苦笑交じりに小さくうなずいた。

『浦上もまた、よくやってくれている』

修行のたまものなのか、ここ数年来、橘はすべてのことに感謝することができるようになっていた。

それはとりもなおさず己の中にある橘流陰陽道の宗家としての自信と、ひとりの人間としての度量の大きさを物語っているのだ。

浦上は新米の陰陽師である。

つい一月ほど前に橘から橘流陰陽道の陰陽師として認められたところである。

浦上は独身の橘や東城と違い、結婚しているため毎日総本部に車で通ってくるのである。

気の強い奥さんと子どもが三人。

家族に大反対された上での修行の日々が懐かしい。

とはいえ、浦上もまた東城とともに、今では橘流陰陽道総本部に助けを求めてくる人たちや、弟子たちの育成に欠かせない人物になっているのだ。


午前九時を過ぎると電話による相談や予約制による対面鑑定等の仕事が始まる。

相談事は多岐にわたり、恋愛や結婚についての相談や、仕事や金銭、健康上の悩みなどに、担当の陰陽師が丁寧に答えてゆく。

相談される多くの悩みは、原因が複雑に絡み合っているため、本人が悩めば悩むほどもつれてしまい収拾がつかなくなってしまう。

人間関係に悩み、それが恋愛や結婚に影響を及ぼすことで悩みがさらに深まり、憂さ晴らしの深酒やストレスによる睡眠不足などで健康状態が悪くなり、その結果、会社を休みがちになってリストラの対象にされたり、仕事上のトラブルに巻き込まれたりしてしまう。

問題の根源がどこにあるのか、冷静な判断ができなくなってしまっている人たちが実に多い。

判断ができないだけならまだしも、どこかおかしいと気づきながらも惰性に流され、そのままの生活を続けていると、どうにも身動きができなくなり、ひいては霊障に帰結してしまうのである。

悪循環がさらなる悪循環を引き起こし、何事もうまくゆかず、その所為で気が塞ぎがちになると、精気が枯れて憑霊体質に変わってゆく。

一般的によく言われる『穢れ』は『気が枯れる』こと、つまり『気枯れ』なのである。

そういう状態になってしまった場合、自分でも気がつかないでいるうちに悪霊を呼び寄せてしまうことがあるのだ。

そういう霊は狐や蛇といった動物霊が多いのだが、それでもそれが悪霊であることに変わりはない。

そうかというと、何かの因縁、たとえば先祖が過去において起こした因縁が、世代を越えて現れてきたりする場合もあり、それは動物霊とは違い、なぜか不運に見舞われるというようなものではなく、下手をすると自傷行為にはしったり他人に危害を加えたりすることもある。

また憑依した霊は憑依したその人だけでなく、その人の家族、特に肉体的にも精神的にもあまり強いとはいえない、純真な心のままの小さな子どもや、霊的感受性の豊かな女性に乗り移るようにして憑いてしまうこともあるのだ。

子どもが突然不登校になったり、おとなしくて優しかった子どもがまるで別人のようになってしまい、どう接してよいのかまったくわからなくなってしまったと言って相談に来る人も多い。

そういう人たちの中には精神科のカウンセリングを長年受けているが、それでも一向に改善の気配がなく、どうすればよいのかわからないという人が多い。

科学が万能とされる今の社会では、とかく霊的な事象は否定され、軽く見られる傾向があるが、科学的にそれらの現象が完全に否定されたという確実な証拠が提出されたということもないのである。

アカデミズムが否定する『霊』は、現代科学ではいまだ理解できないために、拒絶したいがために、否定されているというだけのことなのだ。

手相や人相、姓名判断等も科学的な見方で言えば、統計学的な要因はあるにしても、それをもって何かの判断基準にするという根拠には乏しいし、当然、祈願祈禱等はひとつの伝統的な儀式であり、祭礼であるとされるのであろう。

開運のために御札や御守りを用い、悪霊を祓うために除霊や浄霊の儀式を行い、願望を成就させるために祈願祈禱を行い、それら一連の行為が終わった後に、運が開け、霊が祓われ、願望が成就したとしても、それがすべて偶然の為せる業なのだろうか。

それではまるで『偶然』こそが、すべてを司る神のようではないか。

橘もすべてを霊的なものの所為であるとはしない。

物事を冷静に見て、論理的に考えて原因を探し、納得のゆく説明がつくようにしようとする。

それでもなお説明のつかないものが残ってしまうのだ。

業務の開始とともに何本もの鑑定依頼の電話が来ている。

それらのひとつひとつに東城と浦上が真剣に対応している。

相談業務をこなしながらその空いている時間を使い、修行中の弟子たちの指導もする。

家相に関わる相談事を熱心に鑑定している東城の声や、弟子たちにしどろもどろになりながらも、陰陽道の占術のひとつである『六壬式占』を教えている浦上の声を自室で聞きながら、橘は執筆作業を続けている。

『六壬式占』とは、歴史的に有名な陰陽師、安倍晴明が用いた陰陽道の奥義のひとつであり、人間の持って生まれた宿命を如実に示し、人生のあらゆる局面に起こるであろう運命を的確に知ることができるものである。

運勢を占い、宿命を知るということは、直感や霊感によるものは別として、人類が遙かな昔から探求してきたものなのである。

人はどこから来てどこへゆくのか。

前世や来世の存在はあるのか。

人生が必然的に持っている、それ自体の哲学的な命題。

占いを通して未来を予測して運命を変えることは、ひとつの確固とした学問体系として積み重ねられてきたものなのである。

そうした基礎を踏まえた上で、何千件もの鑑定を続けてきた実績からの日々の研鑽により、橘流陰陽道独自の実践的な占法も確立することができたのである。

講義は鑑定依頼の電話に中断されながらも続けられてゆく。

橘流陰陽道総本部の毎日は、こうしてあっという間に過ぎてゆくのだった。

午後になると浦上は予約されていた出張鑑定に出かけて行った。

出張鑑定は橘流陰陽道総本部の陰陽師が直接依頼者のところに行って鑑定をすることである。

今回の浦上の出張鑑定は、不動産会社からの依頼であった。

ある物件を購入した客からの苦情で、床下から人の声のような物音が聞こえて来るというのだ。

このような場合は実際にその場所に行ってみなければどうすることもできない。その土地の問題なのか、家相の問題なのか、そこに住む人の問題なのかをまずはっきりとさせなければならないのである。

個人からの依頼だけでなく、家相や地鎮祭等に絡んで、不動産会社や建設会社などからの依頼も多い。

また最近では企業から人事関係や新規事業計画の見通し等についての依頼も多くなり、企業顧問としての相談に乗らなければならなくなってきている。

執筆中の橘の部屋のドアがノックされ、東城が入ってきた。

「宗家、少し難しい内容の電話がきました。私では対応できかねる内容ですのでお願いしてもよろしいでしょうか」

と神妙な顔で言う。

東城が対応しきれないものとなると、だいたいが除霊に関する内容のものだった。

東城も橘流陰陽道の陰陽師として当然、除霊もできるように橘が指導したのだったが、ある事件をきっかけに、除霊に対して、どうしようもない恐怖心を持ってしまったのだった。

「わかりました。私が対応しましょう」

橘はそう言って立ち上がり、うつむいている東城を促して鑑定室へと向かった。

「遠藤利恵さんという女性の方です。知人の紹介でこちらに電話をかけてきたそうです。以前、宗家に除霊してもらった方からの紹介のようです。ただ、今回は除霊ではありません。相談内容はリモート・ビューイングのようです。クレヤボヤンス、遠隔透視です」

鑑定室のドアを前にして、東城の口調にはどこか切羽詰まったものが感じられた。

鑑定室内では、保留中のオレンジ色のランプがまるで別世界への入り口を示す表示灯のようにゆっくりと点滅を繰り返している。

机の上のそこだけが、何か異質なものに覆われているように重い雰囲気を醸し出していた。

九字を切るような仕草をして、橘はおもむろに受話器を手にすると保留を解除した。

「お電話かわりました、橘と申します。どのようなご相談でしょうか」

受話器の向こうで一瞬息をのむ音が聞こえた。

一呼吸分の時間が過ぎた後に、

「遠藤利恵と申します。私の父を殺した犯人を捜してください。お願いします」

という声が聞こえた。

どこかに哀しい響きがあった。

それ以上に、いつもの相談者たちの悲痛な思いとは別の、どうしようもないほどの、切実さを越えた強い思いを感じさせる電話だった。

先ほど東城が言ったとおり、リモート・ビューイングの依頼のようであった。

リモート・ビューイングやクレヤボヤンスといわれる遠隔透視は、超能力的なニュアンスをもって語られているが、橘は今まで積んできた修行、特に橘流瞑想法の中でそれに近いことを幾度か経験していた。

深い瞑想に入ると脳細胞が活性化されてゆくためなのか、すべての感覚が驚くほどに鋭くなり、その時に遙かな過去の出来事や、実際には遙かに離れている場所の情景が目の前に現れて来るのだ。

映像として脳裏に映るのではなく、幽体離脱したように精神が肉体を離れ、どこまでもクリアな状態で時空を越えてゆくような、まるでどこまでも澄みわたった宙空の中を自由に飛んでゆくような、そういう感覚なのだ。

「わかりました。私にできる限り、お力になりたいと思います。どのような状況なのか、詳しくお話しください」

橘の強い自信に裏打ちされた真摯な話し方が、高ぶっていた利恵の気持ちを落ち着かせて、複雑な内容の話を筋道のあるものへと変えてゆく。

利恵の相談は、およそ半年前に起こった通り魔殺人事件の説明から始まった。

去年の十二月七日午後十時三十分頃に発生した通り魔殺人事件の被害者が、利恵の父親である遠藤弘也だった。

当時その事件は連日のように、新聞やテレビをにぎわせていた。

橘は、ひどく凄惨な事件だったということを思い出したが、いまだに犯人が逮捕されていないとは思っていなかった。

警察はすぐに捜査を開始した。

目撃者も多く、事件はすぐに解決するだろうと予想された。

決定的な証拠はなかったものの、多くの目撃証言が得られ、そこから犯人像が割り出された。

逃走経路および犯人が降りたと思われる駅の確認もとれていた。

ところがいつになっても犯人逮捕には至らなかったのである。

捜査本部も当初いた人員が削減され、利恵はこのままだと事件そのものが迷宮入りになってしまうのではないかと危惧していたのだ。

橘は利恵の説明の中にあった、目撃者の証言の中のいくつかの表現に興味を示した。

それは凶器となった柳刃包丁の刃渡りが、普通の包丁から比べれば確かに長いとはいえ、それを『刀』が凶器だったという証言。

若い男のすぐ後ろに『侍』のような人の顔が見えたという証言。

また犯人である若い男の顔が二重に見えたり、ぼやけて見えたりしてはっきりしなかったという証言。

これらの証言の中に潜む何か得体の知れない異常さが『霊』の関わりを示すもののように思えたのである。

橘は遠藤家に関わる怨霊の存在を即座に意識した。

橘の質問に促されるように、利恵は遠藤家のことを話し始めた。

利恵の話を聞くにつれて、遠藤家に関わる霊障が父親の事件だけではなく、母親や利恵自身に起こった出来事からもはっきりと感じ取ることができた。

事件の後のマスコミによる執拗な取材も、遠藤家の悲劇に一層の拍車をかけた。

母親が自殺したのである。

夫である遠藤弘也の死と、マスコミの取材による精神的な疲労が重なり合っての自殺であると思われた。

電話の向こうで堪えきれなくなったのか、利恵のすすり泣く声が聞こえてきた。

「遠藤さんが現在置かれている状況はだいたい把握できました。できればもっと詳しく鑑定した上で、犯人の探索、遠藤家にまつわる霊障を取り除きたいと思います。早い段階で一度こちらに来ていただくか、そちらにお伺いしたいと思いますが」

橘がそう言うとすぐに、

「わかりました。明日にでもそちらにお伺いさせていただきたいと思いますのでよろしくお願いいします」

と、声を詰まらせながら、利恵が答えた。

鑑定を終えて受話器を置くと、橘はため息をついた。

東城や弟子たちがじっと橘を見つめていた。

彼らに対して大きくうなずくと、橘は何事もなかったかのように鑑定室を後にした。

遠藤利恵の対面鑑定

遠藤利恵を最寄り駅まで迎えに行った弟子が、橘流陰陽道総本部に戻ってきて、利恵を対面鑑定室に案内した。

橘の部屋に向かう途中で東城とすれ違う。

「どんな様子ですか」

と東城が弟子に聞く。

「かなり強い霊波動を感じたのですが、実際のところはどうなのか、私にはわかりません。ただ、普通の人のようには見えるのですが、目つきというか眼光は凄くきつい感じです」

東城は対面鑑定室の扉を見つめたままで大きくうなずいた。

「では宗家の部屋まで一緒に行きましょう」

そう言って東城は弟子を促して橘の部屋へと向かった。

橘は今日の鑑定を前に精神を集中するためか、椅子に座ったまま、じっと壁面を見つめていた。

部屋に入った東城と弟子が遠藤利恵の到着を告げても、何も言わずに壁を見つめている。

東城と弟子は橘をそのまま部屋に残して鑑定室へ移動した。

鑑定室では浦上が真剣な表情で鑑定をしている最中だった。

東城が入ってきたのを見ると、

「少々お待ちください」

と言って鑑定電話を保留した。

「東城先生、明日の午後三時からなのですが出張で家相鑑定をしていただけますか、自分は明日午後一番に出張祈願が入ってしまっていますので」

と言う。

東城は方位や家相、開運関係の鑑定や祈願祈禱等を得意としている。

そのためか必然的に出張家相の相談事の依頼が来ると、東城が出張するということが多くなる。

除霊に関しては橋、方位や家相、開運に関しては東城という流れが、橋流陰陽道総本部の中で出来上がっていた。

「わかりました。内容を詳しく聞いておいてください」

そう言いながら、東城は自分の席に腰を下ろした。

東城は今回の遠藤利恵の件に関して不安を持っていた。

昨夜も業務の終わった後で橋に尋ねたのだ。

東城が心配しているのはリモート・ビューイングに関してのことだった。

依頼内容が除霊であったり霊的なものであれば、どんなに複雑で難しいと思われるものでも橋に任せておけば安心だと思えるのだが、今回の依頼だけはさすがに橋にも難しいのではないかと思われたのだ。

そのことを尋ねると橋は至極平然と、

「大丈夫です」

と答えた。

そのあとで橋は東城に対してこう言ったのである。

「東城先生も、もっと橋流瞑想法をやってごらんなさい。そうすれば私の言うことがわかるようになるはずです。東城先生、物事を見るということは、さまざまな現象を細かく分析してゆくことが必要だと思いますが、物事の本質を見るということは、細かく分けたものの中にあるのではなく、全体を包み込んだそのものの中にあるのかもしれません。頭で考えるのではなく、魂で感じられるようになって、初めてわかるものなのかもしれませんね」

東城はその時の橋の自信に満ちあふれた顔を思い出し、『私はまだまだ修行が足りないのかもしれない』と思った。

対面鑑定室では遠藤利恵の鑑定が始まっていた。

おおよその内容を事前に聞いていたため話はスムーズに進んだ。

昨日の鑑定の時に、橘ができれば持ってきてくれるように頼んでいた父親の写真も用意されていた。

橘流陰陽道の六壬式占や陰陽五行等の占術を使い、利恵の相談事を占ってゆくと、予想したとおり、利恵が霊に憑依されやすい体質であり、また遠藤家にも霊障のあることが鑑定結果としてでてきたのである。

利恵の依頼は殺された父親と、絶望から自殺へと追い込まれた母親の無念を晴らしたいために、犯人を捜し出したいということなのだが、そこに行き着くまでに、おかしいと感じて悩んでいたことの数々が、橘の鑑定により明確になっていった。

殺された父親をはじめとして母親の事故や自殺、利恵自身の身に起こっていた不思議な現象がひとつに収斂していったのである。

今回の父親が被害にあった通り魔殺人事件を怨霊の所為であると橋が断言した経緯には、事件そのものの残忍性と犯人の手がかりの欠落だけではなく、犯人の顔が二重に見えたという証言のように、憑霊状態が霊感があまり強くない普通の人々にもはっきりとした形で目撃されている点にもあった。

また、母親である遠藤佐和子が数年前にひき逃げ事故に遭い、下半身不随の障害を持ってしまったという事件の際にも、霊障の疑いが濃厚であり、それは犯人が捕まっていないということだけではなく、佐和子が何者かに押されて、突然道路に飛び出すような形で大型のトラックにはねられてしまったという点にあった。

事故現場は人通りの少ない場所で、目撃証言は下校中の小学生たちだけだった。

その小学生たちが一様に、誰かが佐和子の背中を押したように見えたというのだが、事故の起こった瞬間にまるでかき消すように消えてしまったというのだ。

当時の捜査では、その小学生たちの証言を重要視した警察が捜査本部を置いたほどだったのであるが、いつの間にか、ただの事故として処理されたも同然の有様になってしまったのだった。

何度も何度も証言を求められた小学生たちも、時間の経過とともに佐和子がひとりで転んで道路に飛び出たのだというように変化していったのだが、佐和子の背中にはまるで人の手のひらのような痣が、その事故の直後から現れ、自殺した母親の遺体にもその痣が消えずに残っていたと、利恵は言うのだった。

何者かに押されたくらいで人の背中に痣はできるのだろうか。

そしてその痣は何年も消えずに残っているものなのだろうか。

利恵は子どもの頃から不思議な現象を経験していた。

家の中の壁を過ぎる黒い影を見たり、家の隅に誰かがいて怖い顔で自分を見ていると言っては泣き出したり、夜中に寝ていると思ったら突然起き出してわけのわからないことをわめき立ててみたり、一度は寝ている父親の首を絞めたこともあった。

驚いた両親が利恵につめよると、まるで大人の男のような野太い声で、

「お前を殺してやる」

と叫んだかと思うと、そのまま意識を失って倒れたこともあった。

心配した両親は、利恵を精神科医やカウンセラーに診せたり、神社や寺院でお祓い

をしてもらったりしたという。

その甲斐があったのか、利恵が中学生になる頃には、そういう奇怪な行動は起こらなくなっていった。

ところがつい最近になって、会社へ行く支度をしていた時に、鏡の中に何か白い影のようなものが過ぎっていったのを見たという。

利恵はその白い影のようなものが、再び始まる奇怪な現象の前触れのように思えてならなかったのだと言うのだった。

橘の鑑定を待つまでもなく、遠藤家にまつわる不幸の数々は、何ものかの霊の仕業に間違いなかった。

そして鑑定を続けて行くうちに、その霊が今は利恵本人に憑依していることが判明したのだった。

橘はそのことを利恵に告げ、早めの除霊を勧めた。

ところが利恵は自分の除霊よりも先に、どうしても犯人を探し出してもらいたいと言うのだった。

「あなたのお母さんを事故に遭わせて車椅子の生活を余儀なくさせ、お父さんを死に追いやり、その心労を利用してお母さんを自殺させた霊、これは非常に強力な霊、つまり怨霊ともいえるものが、今度は利恵さんに取り憑いているんです。正直に言えば非常に危険な状態です。一刻も早く除霊をするべきだと思います」

静かだが力強い声で真摯にそう言う橋に、利恵はしっかりとうなずきながらも、

「私の除霊は犯人がわかってからお願いします。ですから先生、一刻も早く犯人を捜し出してください。警察はいつまで経っても犯人を確定できそうにないんです」

利恵が続けて言う。

「私は子どもの頃から霊感が強く、そのため霊的なこととか超常現象とかに興味を持ち、そういう世界もあるのかなあと漠然と思っていました。今もこうして先生に鑑定してもらって、怨霊の存在を信じざるを得ないような状況にあっても、私のことよりも犯人が誰なのかが先に知りたいんです。今の警察のやり方で今後犯人が捕まるとはどうしても思えません。ですから、先生、お願いします」

橋は利恵の張り裂けんばかりの胸中を察して大きくうなずいた。

「利恵さんのお気持ちはよくわかりました。できるだけのことをしてみます。ただ、これだけは約束してもらえますか。もし、犯人がわかったとしても、決して無茶なことはしないでください。それだけです」

と、言いながら、利恵のために水晶のブレスレットと霊符を渡す。

「水晶はそれ自体、邪悪な霊からその人の身を守ってくれる力があります。もっとも今回の怨霊のように強力な霊に対しては不十分です。そのため、水晶の魔除けの効力を上げるために私の気を入念に込めておきました。利恵さんの身を守るためにも、除霊を行う日まで肌身離さず、身につけていてください。それと、私が念を込めて作成した霊符です。この霊符もまた利恵さんを悪霊から守ってくれるものです。両方とも、今の利恵さんにとって最も大事なものです」

「わかりました。ありがとうございます」

利恵は橘のさりげない優しさを感じて、淡い恋心にも似た好意が自分の中に芽生えたことを感じた。

橘は弟子の一人を呼び、利恵を最寄りの駅まで送るように指示すると鑑定室を後にした。

弟子に促されて帰る支度をしている利恵は、鑑定室を出て行く橘の背中に何度も小声で「ありがとうございます」とつぶやいていた。

橘流陰陽道総本部に到着した時の、利恵の人を刺すような鋭い視線が、いくらか穏やかなものに変わっていた。

橘流瞑想法

遠藤利恵を見送った後、橘は鑑定室にいる東城と浦上を自室へ呼んだ。

東城は橘の今回の対面鑑定の難しさを理解しているためか、きまじめな態度で部屋の中へと入ってきた。

浦上は多少鑑定が長引いたため東城より遅れて入ってくる。

普段と同じように幾分そそっかしい足どりである。

ふたりが揃うと橘はおもむろに口を開いた。

「本日深夜から遠藤利恵さんに依頼された件である、遠藤弘也氏殺害事件の犯人の確定に関して、橘流瞑想法を使い透視します。その間、誰も私の邪魔をしないようにしてください。また、私の抜けたあとのフォローもお願いします」

「どのくらい時間がかかりそうですか」

と東城が尋ねる。

「わかりません。何しろ深い瞑想状態で意識的にそういうことを行うのは、私自身初めてのことですから」

「透視するって、橘流瞑想法でそんなことができるんですか」

浦上が驚いた口調で言う。

「昨夜、私もそのことを宗家にお尋ねしてみました。宗家の話では橘流瞑想法の修行を積み重ねて行くうちに、リモート・ビューイング、つまり透視することが可能になるそうです。実際に何度かそういう状態を経験されたそうです。私もそうですが、浦上先生もより一層の修行が必要なようです。私は瞑想中に一瞬たりともそういう体験をしていない。まだまだです」

東城が橘に代わって浦上に言う。

後半からは自分自身に語りかけるかのような口調だった。

「透視って、はっきり見えるんですか」

浦上がかみつくように言う。

橘は軽く笑いながらそれに答える。

「瞑想状態の深さによりますがかなりクリアに見えます。あなた方もせっかく橘流瞑想法というものの修行を積んでいるのですから、より一層の努力を期待しています。とにかく、私は今から利恵さんの依頼にかかりっきりになってしまいますので後のことはよろしくお願いします」

深夜、誰もいない神殿所に橘の姿があった。

静まり返った神殿所の中で、八方位に置かれた燭台の蠟燭の炎が時折、微かな音を立てている。

橘の影が、蠟燭の炎に揺らめいて神殿所の床に映る。

瞑想に入ってから、すでにかなりの時間が経っているようで、蠟燭はほとんどなくなりそうになっている。

橘は微動だにしない。

呼吸の音すら聞こえてこない。

まるで神殿所の床に座したまま、その形を保ったままで固化してしまったかのようだ。

蠟燭の炎に揺れる橘の姿が、祭壇の上に祀られた神棚の鏡に映る。

三方に載った霊符や日々の供物にゆらゆらと橘の影が揺れている。

どれほどの時間が過ぎただろうか。

蠟燭の炎の揺れに合わせるように、ゆっくりと橘の体が揺れ始めたように見えた。

ところが、その揺れは橘自身の体の揺れではなく、瞑想中の橘を中心にして、神殿所自体、橘流陰陽道総本部の建物自体が微かに揺れているのだった。

それはほんのわずかな、瞬きする間もないほどの一瞬の出来事だったために、瞑想中の橘をはじめ、総本部に泊まり込んでいる東城や弟子たちの誰ひとりとして、その揺れに気づくものはなかった。

ただ、八方位に置かれた燭台の蠟燭が、驚くほどの明るさで揺らめき、その不思議な揺れが静まるのと同時に、ふっと消えた。

あとには深い闇が残り、瞑想中の橘を静かに包み込んでゆく。

神棚に祀られた鏡には、すべての灯りが消えた後も、なぜか橘の姿だけが揺らぐこともなく映っていた。


目を閉じて見える闇は真の闇ではない。

たとえ思い切り固く瞼を閉じたとしても、そこには深い闇があるだけで、真の闇はない。

どこまでも闇のような暗さがあるだけなのだ。

瞑想を続ける橘の閉じられた瞼の中には、真の闇が存在した。

橘流瞑想法の修行を積んだ熟練の陰陽師である橘でも、深い瞑想に入るまでは、たとえわずかな蠟燭の灯りとはいえ、目を覆う瞼の中を走る血流の赤が、暗く赤くぼんやりと見えているのだ。

ゆったりと呼吸を整え、どのくらいの時間が経ったのか、自分でもわからないほどに瞑想を続けてゆくと、静かな自分自身の呼吸の音と、脈打つ心臓の音が融合して、荘厳な交響曲のように、目を閉じた空間に驚くほどの音量で響き始めるのだ。

その空間は、この世のありとあらゆるものすべてを包み込めるほどに広い。

魂の奥底にこだまする自分自身の呼吸と心臓の音が、瞑想を続ける橘をどこまでも深く、深く、更なる魂の深淵へといざなってゆく。

もはや何の音もない。

血流の赤い色さえ見えない。

己が生きているのか、死んでいるのかさえ定かではない。

橘の瞑想が己の魂の根源の中に、真の闇を創出する兆候をとらえた瞬間、神殿所を八方位から照らしていた蠟燭の炎が消えた。

それは橘の瞑想が創り出した真の闇が、宙空の中にある真の闇とシンクロしたからなのかもしれない。

蠟燭の炎が消える数瞬前に、微かな振動が神殿所を含めた橘流陰陽道総本部の建物自体を揺るがしたことを、真の闇の中にいる橘は知る由もなかった。

高速エレベーターが下降して行く感覚が瞑想中の橘を包み込んでいた。

浦上はもとより、東城もこのような浮遊感のような感覚を体験したことはあまりないのかもしれない。

下降するエレベーターの中にいるような感覚がしばらく続いた後、下降する速度が上がり、ちょうど無重力状態を体験したような感覚が橘を包んだ。

ここ数年来、橘流瞑想法を行う度に、幾度となく経験した宙空に遊ぶような感覚が、橘を彼自身の精神世界の中の真の闇、虚無空間、空の世界に到達したことを教えた。

肉体としての橘は依然瞑想を続け、その体は微動だにしない。

そして橘流瞑想法の究極の到達点に、橘の意識が仮想の肉体を持って現れた。

何度かバウンドを繰り返して何もない無の空間に橘は着地した。

そこは闇の中の闇、真の闇の世界であり橘の仮想の肉体もその闇の中に溶け込み何ひとつ見えない。

その上下も空間的広がりもわからない世界に降り立った橘は、それでも恐れることなく目的を持った人のようにある一点に向かって早足で歩き始めた。

闇の中で進んで行く前方を確認するように両手を前にかざすこともなく、地面を探るようにすり足になることもなく、まるで真昼のまっすぐな道を歩いて行くように、すたすたと歩いて行く。

無明の闇だった世界に変化が起こる。

橘の歩いた後に微かな光の筋が生じてゆくのだ。

細かい金色に輝く小さな砂のような何かのかけらが、橘の体から滑り落ちて、橘の歩いてきた軌跡をその空間にひとつの道として残してゆく。

どれほど歩き続けただろうか。

無限に続くように見える闇のまた闇の中で、橘はふと立ち止まり、今まで自分が歩いてきた方向を静かに眺めた。

濃い闇のなかでゆらゆらと光が輝きながら揺らめいている場所が見えた。

橘はその場所へと引き返す。

橘が歩いてきた道が一本の金色の光の筋になって連なっている。

その金色に輝く一筋の道の途中で、漆黒の闇と対峙するかのように、青白い光の球体がふわふわと浮いていた。

光の球体は直径一メートルほどの大きさだった。

橘は光の球体の前に立ち、躊躇することなくゆっくりと両腕をその光の中へと差し込んでいった。

橘の指先が光の球体に触れた瞬間、光が強烈に輝き始め、漆黒の闇の世界のすべてが照らし出されたかと思われた。

それは熱と音と衝撃波の伴わない光の爆発のようだった。

しばらくして光の球体が元の輝きに戻ると、そこに橘の姿はなかった。

球体の爆発が橘の仮想の肉体を一瞬粉々に分解した。

爆発が収斂した時には橘の姿は青白い光の球体の中にあった。

球体の中は眩しいほどの白光に包まれていた。

仮想の肉体である橘はその光球の中で、神殿所に在る実体の橘と同じように橘流瞑想法の姿勢をとった。

神殿所の橘とひとつだけ違いがあった。

光球の中の橘はしっかりとその目を開いていた。

橘は遠藤利恵の依頼である、父親を殺害した犯人を特定するために、意識を半年ほど前の事件現場に飛ばそうとした。

意図的に過去へと意識を飛ばすことは、さすがに橘も初めてのことだった。

うまくゆくかどうか、多少の不安はあったのだが、仮想の肉体である橘の意識は何の問題もなくすんなりと時空の流れに乗り、宙空の中を滑るようにして、十二月七日の遠藤弘也を見つけることができた。

安堵感からか、橘は溜めていた息をゆっくりと吐き出した。

橘を包んでいる光球は光度を上げ、白光はやがてどこまでも清澄な色のない透明な光の球体に変わっていた。

橘は事件の全貌を見た。

こうして新しく橘流陰陽道に、橘流瞑想法で得られた宙空を、滑るようにして意識を時空の流れに乗せることによる、リモート・ビューイング、橘流遠隔透視法とでも呼べる新しい奥義が確立した。

遠藤弘也のその日の行動をひとつひとつ時間の流れに沿って透視してゆくうちに、橘の今ある意識とは別の橘の意識自体が別の時空へと飛び、また遠藤の元に戻るということを何度か繰り返した。

初めのうちはリモート・ビューイングの際の意識の乱れかと思ったのだが、それが実は、遠藤を刺し殺した犯人への無意識のアクセスだったのである。

神殿所の内では、瞑想を続ける橘は依然微動だにしない。

神殿所の外では、初夏のさわやかな朝が始まろうとしていた。

☆

光球の中の橘が見た十二月七日事件当夜の情景

青白い月の光もネオンのひとつにしか見えない都心の繁華街。

昼の疲れを癒す人々のささやかな宴が、くぐもったような喧噪となって十二月の寒空に虚しく響いてゆく。

満月に近づいた月の光やネオンの明かりの下に、ひっそりと息づいて都会の闇がうずくまり、冷たい風がいずこともなく吹き過ぎてゆく。

路上に散った枯れ葉が乾いた音を立てる度に、闇はより一層その濃さをましてゆく。

十二月七日　午後十時二十八分。

駅前通りから少し離れた細い路地にある一軒の居酒屋。

その店のカウンターに、どこの盛り場でも見ることのできるような酔いつぶれた客がひとり。

この店の常連客のひとりである遠藤弘也だ。

遠藤は小さな印刷会社に勤める四十八歳のサラリーマンである。

十八の時から二十数年間身を粉にして働いてきた中堅企業にあっさりとリストラされ、つい先月ようやく再就職することができた。

再就職するまでの二年間は、遠藤にとって気の遠くなるような日々であった。

今の会社が以前勤めていた会社の下請けの下請けという事実も、最近では別に気にならなくなってきている。

つまり、失業中の二年間という日々が、彼にとって、まさに地獄のような日々であったのに違いない。

遠藤は以前の会社の上司連中の愚痴や、再就職した会社での不当に低い自分の地位に対する批判めいた愚痴を、いつもと同じように一通り済ませたところで、なぜか今夜は不意にカウンターに突っ伏してしまった。

ほぼ満席に近い状況の店にしてみればいい迷惑なのだが、ここ一月ほど毎日のように通い詰めてきてくれているだけに、調理の途中それに気づいたマスターは、包丁を持ったままカウンターの向こうで肩をすくめるだけだ。

それでも調理が一段落したところで、マスターが遠藤に声をかけた。

「遠藤さん、そろそろお帰りの時間ですよ」

「………」

マスターの言葉に慌てて起きた遠藤は、ずり落ちてしまっていたメガネを探す。

カウンター席の他の客がその仕草を見てひとしきり笑うが、酔った遠藤はその笑い声にさえ気づかないでいる。

普段の遠藤ならば、いくら酔ったとはいえカウンターに突っ伏してしまうことはなかったし、客の笑い声に何の反応も起こさないということもあり得ない。

そのことに気づいたマスターが、

「遠藤さん、大丈夫かい？　今、冷たい水をあげるから少し酔いを醒まして帰ったほうがいいよ」

と言った。

すると、普段の遠藤からは想像もつかないような暗く甲高い声で、

「よけいなお世話だ……、今すぐ出て行く……、それでいいだろう」

遠藤はそう言い放ち、まるで酔っているとは思えないほどの素早さで立ち上がった。

「釣りは要らん」

と叫ぶようにして一万円札をカウンターの向こう側へと投げつけた。

「ちょっ、ちょっと遠藤さん、いくらお馴染みさんだからってずいぶんじゃないの」

と、怒りを露にするマスターの声が、遠藤が出ていったあとの引き戸の隙間から入り込んできた冷たい風に震えている。

「……遠藤ちゃん、今日はだいぶ荒れたね。……会社でつらいことでもあったんだろ

うね」

常連客のひとりが引き戸を閉め直し、穏やかにマスターへ目配せをした。

マスターも引きつった笑みとはいえ幾分顔色を和らげ、何事もなかったかのようにうなずき返した。

それでも賑やかだった人々の胸の中に、得体の知れない何かが、不純物のように付着してしまったことだけは確かだった。


十二月七日　午後九時五十七分。

男と女は、今日のデートを名残惜しみながら駅へと歩いていた。

肩を並べ手を軽くつなぎ合ったふたりには冬の寒さもまるで気にならないようだ。

女が少し恥ずかしそうに男を見つめて、

「誕生日おめでとう、ユウスケ」

と言う。

「何だよ、もう何回言うんだよ。昼から十回以上も言ってるぜ。その度に年をとっていくみたいで嫌なんですけど」

微笑みながらユウスケと呼ばれた男が答える。

立ち止まったふたりがどちらからともなく弾けるように笑うと、周りの人たちの足どりがその一瞬だけ止まったように見えた。

「でも、ユウスケはいいな。希望通りに、あの超一流って言われてる会社に内定が決まっちゃってるし。もう十二月だっていうのにわたしなんかまだひとつも決まってないんだもん」

「だからいつも言ってるだろ。僕の所に永久就職しちゃいなって」

何のてらいもなくそう言うユウスケの顔には、限りない希望に満ちた未来だけが見えるような気がした。

手をつないだまま、駅へと向かうふたりの足どりが恐ろしいほどにゆっくりとしたものであるのは当然のことなのかもしれない。

今日の昼前にお互いの路線が重なるこの駅で待ち合わせたふたりは、ランチを食べてから映画を観て、ユウスケの誕生日のお祝いを兼ねて、少しだけリッチなディナーを楽しんだ。

映画はユウスケと女の出会いを思い出させるようなストーリーだった。

暗闇の中でふたりだけの時間が過ぎていった。

名残を惜しみながらも改札口で女を送ったユウスケは、地下鉄の駅に向かいながら、つい今し方別れたばかりだというのに、女にメールを送ろうとしてダッフルコートのポケットに手を入れた。

しばらくごそごそとポケットの中を探していたが携帯電話が見つからない。

慌ててあちこちのポケットも探してみたがどこにもなかった。

もしかしたら、さっきまでふたりで食事をしていたレストランに落としてきたかと思い、少し慌てて駆け出した。

駅の階段を下りきったところで、左側のこめかみに刺すような痛みがあるのに気がついて、ユウスケは少し顔をしかめた。

突然冷たい風が刃となって襲ってきたかのような気がして、ユウスケはダッフルコートのポケットの中で手をきつく握った。

65　光球の中の橘が見た十二月七日事件当夜の情景

十二月七日　午後十時十四分。

レストランのクロークから落としていた携帯電話を受け取ったユウスケは、女に宛てててメールを打ちながら駅へと向かって歩き出した。

偏頭痛は相変わらずユウスケの左側のこめかみのあたりで鈍い痛みを発している。

メールを打ち終えて空を見上げた。

頭痛を消し去るように深呼吸をすると、暗く流れ星がスッと過ぎるのが見えた。

今日のデートでの出来事のひとつひとつを思い出しながら、ユウスケは駅までの道を急いだ。

頭痛もさることながら、先ほどから寒気がするようになっていた。

「風邪でも引いたかな。誕生日だってのについてないな」

ユウスケはそうつぶやくと、寒さから逃れるようにダッフルコートのフードを目深にかぶった。

指先でもてあそんでいたポケットの中の携帯電話が震えた。

女からの返信メールだと思って慌てて取り出してみたが、実際には着信はなく携帯電話が震えたと思ったのはユウスケの気のせいだった。

その瞬間、まるで強い電流が一気に体の中を通り抜けたかのような激しい寒気に襲われた。

ユウスケは、急に意識を失いそうになり、その場にうずくまった。

十二月七日　午後十時三十一分。

居酒屋から勢いよく出てきた遠藤弘也は自分がだいぶ酔っていることに気づいた。

つい今し方のマスターに吐いた暴言を思い出すことはなかったが、ふらついた足下を見ていつもより飲みすぎたと思った。

「それもこれも会社の奴らのせいだ。会社のためと思えばこそ、三十年近くも自分や家族を犠牲にして働いてきたっていうのに、少しばかり世間の景気が悪くなったからって、まるでぼろ雑巾を捨てるように人を首にしやがって……今度の会社の連中なんぞは、このおれがどれだけの人物かわかろうともしやがらねぇ」

千鳥足のまま独り言をつぶやき続ける。

その歩みは数歩進んだかと思うと数歩戻るというような状態だ。

駅から流れてくる人たちにぶつかっては、その都度ぺこぺこと頭を下げる。

独り言の愚痴は徐々にエスカレートしてゆく。

「何年か前だってようやく有給休暇を取って、家族で温泉旅行に行こうとしたら急な出張だ。女房や娘にはさんざん文句を言われ、それでも我慢して出張に行けば、その最中に女房が交通事故で下半身不随ときた。ひき逃げ犯は今もって捕まらず……。いいことなんてひとつもありゃしねぇ」

酔いの回った口調で愚痴はさらに続く。

自分の両親が巻き込まれて死亡した列車事故、あれは悲惨だった。

貧乏の上に貧乏がのっかり、おれは上の学校にも行けずに、くそっ……。

娘は娘で一度ならず、二度までも婚約を破棄されて……金だけ持って行かれて、詐欺と一緒じゃねぇか、くそっ……。

何でだ……どうして、どうして、おれだけがこんな目に、くそっ……。

次から次へと止めどもなく続いてゆく。

遠藤の身の回りに起こる数々の不幸は、酒の酔いに紛らわすことでどうにか耐えられるというような次元のものではなかった。

冷たい風が吹いてきて遠藤は目をつぶった。

風によろめきながら立ち止まった遠藤が路上に何か黒い物を見つけた。

最初、それは黒いゴミの袋かと思った。

酔った思考が短絡的に働いて自虐的な結論に結びつく。

酔いに麻痺した思考はすぐに実際の行動となって現れた。

「何でこんな所に邪魔なゴミがおいてあるんだ。人を馬鹿にしているのか、このおれ様がゴミだってのか」

靴先でそれをどかすように思い切り蹴った。

激しい寒気に思わず路上にうずくまっていたユウスケは、突然右腹に鋭い痛みを感じて、手にしていた携帯電話を落とした。

痛みに目の前が暗くなった。

靴で蹴られたのか。

一体誰が。

だがなぜか蹴られたことに関しての怒りが湧いてくることはなかった。

ただ、今までユウスケを襲っていた激しい寒気や鈍いこめかみの痛みが、不意に軽くなったような気がしただけだった。

携帯電話を拾い、ポケットにしまうと、ユウスケは素早く立ち上がった。

これから何かが始まるのかもしれない。

まるで他人事のようにユウスケはそう思った。

十二月七日　午後十時三十五分。

遠藤とユウスケの視線がぶつかった。

風に舞って枯れ葉が一枚、ふたりの間を飛ぶ。

道行く人々の群れや、時の流れさえも止まったような感覚に襲われる。

遠藤とユウスケのどちらからともなく激しい叫び声が上がる。

絶叫が冷たい刃のように凍った時間を切り裂いた。

ユウスケの目は、獲物を見つけた獣のそれのようにギラリと光り、遠藤の目は、怯えと諦めの色に染まる。

遠藤はユウスケから逃れようとして背を向けた。

駅への道を一目散に走りだす。

「刀はどこだっ、刀だっ、刀を持って来いっ」

ユウスケの口からほとばしる叫び。

遠藤の背をにらみつける非情を越えた狂気の目。

その目がとらえた居酒屋の入り口。

そこは奇しくも遠藤がついさっきまで飲んでいた店だ。

引き戸を思い切り開け店内を見回す。

客はただ呆然としているだけだ。

カウンターの向こうで包丁を持ち調理をしているマスターが目に入る。

ユウスケはカウンターを一気に飛び越え、マスターの手から魚をさばいていた柳刃

71　光球の中の橘が見た十二月七日事件当夜の情景

包丁を奪った。

店の中はユウスケが動く度に、グラスやら皿やらが割れる音が響くが、誰ひとりとして悲鳴を上げたりする者はいない。

一瞬のことで、誰もが目の前で何が起こったのかわからない状態なのだ。

風のようにカウンターをもう一度飛び越えたユウスケは、駅へと向かう遠藤をものすごい勢いで追いかける。

ユウスケが出ていったあとで、ようやく居酒屋の中で悲鳴やら逃げ出す客が出始めた。

呆然としていたマスターが、幾分冷静さを取り戻すと警察に電話をかけ始めた。

十二月七日　午後十時三十六分。

柳刃包丁の刃がギラリと光る。

ユウスケが駆けると通行人の列が綺麗に割れて行く。

駅の階段の手前で足を止めた遠藤が振り返った。

呼吸が乱れていた。

追ってくる者がいないかどうか確認する。

酔いはもう完全にない。

大きくため息をついた。

その時、驚愕に遠藤の顔がゆがんだ。

氷のようなきらめきを宿した包丁とともに、狂気の目を光らせたままのユウスケがそこにいた。

追いついたユウスケが振り下ろした包丁の刃が遠藤の右肩に入った。

ほとばしる悲鳴。

それは遠藤だけの悲鳴ではなく、周りの人々からも発せられた叫びだった。

遠藤とユウスケを遠巻きにして人垣ができる。

恐怖に引きつる人々の顔。

助けを求めて人波の中に分け入ろうとする遠藤の背中が、さらに切り裂かれる。

人の輪が割れる。

遠藤がうめく。

何かを摑むような格好で倒れ込む遠藤を、ユウスケが馬乗りになって押さえ込んだ。

振り下ろされた包丁を摑んだ遠藤の指が何本か千切れて飛ぶ。

絶叫。

血しぶき。

再び振り下ろされた包丁から身を守ろうとして繰り出した遠藤の手のひらを刃はいとも簡単に刺し貫いて、そのまま胸といわず腹といわず体中を刺しまくる。

血の噴出と、叫び声と、肉を切り裂く鈍く湿った音が、現実をさらにゆがんだものへと変えてゆく。

そこにあるのはもはや殺人ではなく、単純な作業の繰り返しだ。

ユウスケの口からは、聞き取れないほどの低い言葉が何度も何度も繰り返しつぶやかれ、やがて不気味な、甲高い笑い声がそのあとに続いた。

すでに動くこともなくなった遠藤をさらに斬りつけてゆく。

包丁が遠藤の体を刺し貫く度に、遠藤の体が何者かに操られたようにひくひくと動く。

凍りついてしまったように、遠藤とユウスケを取り囲む人垣は動かない。

誰も手を出すことができない。

時間さえもが固まったままだ。

何十回目かに振り下ろされた包丁が遠藤の心臓を破った。

あふれる血にユウスケの手がぬめった。

心臓の筋肉が刃を強力に包み込んだのか、血糊で滑るのか、力を入れても包丁は遠藤の体から抜けなくなった。

ユウスケは包丁の柄から手を離した。

包丁の柄は遠藤の血で綺麗に洗われたように濡れて光る。

ユウスケがゆらりと立ち上がると、人垣が一斉に崩れ、悲鳴とともに人々が逃げまどった。

かっと見開かれた遠藤弘也の目にぼんやりと映るのは、弱々しい街の光と、まるで何事もなかったかのように、ぽっかりと冬空の中点に浮かぶ、青白い月の光だけだった。

十二月七日　午後十時四十一分。

ユウスケは駅のトイレで血に濡れた手を洗い流した。

血に汚れた手を洗っているところを目撃している者はいない。

改札を抜けて下りのホームに来た電車に乗り込む。

暗い夜が車窓を鏡に変えている。

ユウスケはドア付近に立ったまま、その鏡に映る自分の顔をじっと見つめている。

座席はほとんど埋まり立っている客も多い。

事件現場の駅から二駅目でユウスケは電車を降りた。

その時、ダッフルコートが隣に立っていた女のベージュ色のコートの肩のあたりに触れたことに、ユウスケは気づかなかった。

電車のドアが閉まる。

ユウスケが降りた後で、女は先ほど触れあったコートが気になって、吊革を摑んでいた右手を落とし、肩のあたりを見るともなく見た。

何か黒っぽいシミのようなものが見えた。

車内の蛍光灯に照らされた黒っぽいシミが、何なのかよくわからなかった。

女は左手の指先でその黒っぽいシミを触ってみる。

冷たく粘ついたような感触がして、女は黒いシミを触った指先を目の前に持ってくるとじっとそれを見つめた。

黒いシミに見えていたものが、実は赤い色をしていることがわかった。

ドアが閉まり、電車がゆっくりと走り出した。

その瞬間、女は指先に付いた赤いものが何かの血液であることに気づく。

自分のコートに付いた黒いシミが、大量の血液のシミであるということがわかると、女は驚愕の悲鳴を上げて、その場所にうずくまるようにして倒れ込んだ。

スピードの増した電車内は、倒れ込んだ女を中心に、悲鳴や怒号が飛び交うパニック状態となった。

ユウスケは何事もなかったかのように駅の出口へと歩いていった。

橘流瞑想法、二日目

東城が神殿所へと向かっている。

神殿所の空気を新しい一日の、生まれたばかりのそれと交換するためだ。

東城が起きて身を清めたあとに、第一番に行う毎朝の作業だ。

神殿所の窓を開けている時に、なんとなくいつもと微妙に何かが違っているように感じた。

室内をよく見渡してみると、神棚や祭壇の位置が微妙にズレていることに気がついた。

ズレはよくよく見ればわかるという程度のものだったのだが、東城は橘が行ったはずの昨夜のリモート・ビューイングのことがあったので、この微妙なズレがなぜか気になった。

東城は初夏の気持ちのいい風を室内に通しながら、それらのズレを直し、神饌を用意するために神殿所を後にした。

橘流陰陽道総本部の毎朝の日課にも、業務が開始された後も、橘は自室に籠もったままで顔を見せることはなかった。

東城が午後の出張に出かけるため、留守中のことを橘に頼むために橘の部屋を訪れた。

本当は昨夜の橘のことが気になっているためだったのだが。

部屋のドアをノックすると中から橘の声がした。

橘はつい今し方まで休んでいたようだった。

東城は、

「今から出張に出かけてきます。帰りは明日の午後になってしまうと思います。浦上先生も現在出張中ですので、もし何かありましたら宗家の方で対応していただきたいのですが。それと、霊符の作成を頼まれていたのですが、深夜までに戻れそうにないので、恐れ入りますが宗家の方でお願いできますか」

と言った。

霊符とは、願い事を成就させるためのお守りのようなものである。

また、呪符や護符、秘符等と言われることもあり、長い歴史の中で人々の願望を成就させるために、思念の集約の中から神仏の力により生み出されてきたものなのである。

その種類も多岐に渡り、陰陽道系、神道系や仏教系、修験道系のものがあり、それぞれに門外不出のものとされてきた。

最近では、一般にまで広まってきているように思われているが、それは、その中のごく一部であり、いまだに厳しくそれぞれの系譜の奥の奥に秘匿されているものなのだ。

病気平癒や仕事、金運の向上、縁結びや縁切り、浮気封じ、災難除け等、その数、数百種類以上もの霊符があるといわれている。

効力はおよそ一年。

その期間の内に願い事が成就されれば、霊符はその役目を終える。

効力を有効に発揮して役目を終えた霊符はそのままにせず、御焚上げをするなどして、よく感謝に努めるべきなのである。

また、災難除けなどのような、長期に渡って願い事を行うようなものに関しては、一年ごとに、新しく祈願を込めた霊符を作成し直すことが必要である。

どの霊符がその人に必要であるのかを判断して作成するということも、また陰陽師の重要な仕事のひとつなのである。

霊符は陰と陽の移り変わりの時間帯である深夜に作成するのが良いとされている。

最近のオカルトブームで、霊符を誰でも簡単に作ることができるようなマニュアルが販売されていたりして、自分で作ったりしている人も多くいるが、その中には人を呪い殺すようなものまであるようである。

気をつけなければならないのは、縁結びや仕事、金運の向上等は、普通の人が作成しても、その効力が弱いというだけでさほどの問題はないのだが、人を呪殺するようなものを迂闊に作ると、逆に、作成した人自身にその霊符の効力が跳ね返ってきてしまうことがあるということだ。

だから修行中の弟子たちに霊符の作成を頼むことはまずない。

橘のように力のある陰陽師が作成した霊符の効力には絶大なものがあるが、それは作成者の力そのものが霊符の中に封じ込められているからなのだ。

「わかりました。気をつけて行って来てください。霊符の件は間違いなく引き受けました。通常業務の中で何かありましたら、すぐに私に声をかけるように指示しておいてください。弟子たちで対応可能なものに関しては、極力、彼らで処理するようお願いします」

と、疲れたような表情で橘が言う。

「宗家、だいぶお疲れのようですが、昨夜の遠藤さんの依頼の件はいかがでしたか」

東城が心配そうに尋ねた。

「犯人の名前までは何とかわかりました。名字はまだわからないのですが。ただの通り魔殺人事件ではありませんね。怨霊の存在が強く感じられました。遠藤さんか、犯人か、どちらかの先祖霊だと思います。今夜は先祖霊を透視してみるつもりです」

橋は東城に向かってそう言うと軽く笑みを浮かべた。

東城が部屋を出てドアを閉めようとしながら、不意に思い出したように橋に話しかけた。

「宗家、昨夜、神棚や祭壇を動かしましたか」

東城の声が聞こえなかったのか、橋は何も答えず、ただじっと窓の外を見ているだけだった。

二日目の深夜、神殿所に入った橋は、結界を張るような形で八方位に置かれた燭台に蠟燭を立てると火を灯した。

炎が橋の影を神殿所の壁に大きく映し出す。

神棚に対峙するように床に座り、橋流瞑想法による瞑想を始める。

今夜は、遠藤弘也とユウスケの因縁がどこで発生し、どのような経過をたどって今に至ったのかを透視するつもりでいる。

どれほどの過去に遡れば、ふたりの因縁の根源となっているものに近づけるのか予想もつかない。

だが橘はそれほどの過去にまで遡る必要はないだろうとも考えていた。

それは目撃者の証言にあった『刀』『侍』という言葉がポイントだった。

瞑想が深くなるにつれて蠟燭の炎が大きくなったり小さくなったり、時折、炎自体が飛び跳ねるように動き、また、光度も明暗を激しく繰り返すように揺らめき続けた。

どれくらい時間が経っただろうか。

微かな揺れが橘を含めた橘流陰陽道総本部の建物全体を包み込んだ。

そして蠟燭の炎が昨夜と同じように、瞬間燃えさかった後、ふいに消えた。

消える直前の蠟燭の炎は、真っ赤な口を開けて、どこまでも高い天空に向かって駆け昇ってゆく、八体の赤き昇龍のように見えた。

蠟燭が消えた神殿所の闇の中で、瞑想を終えた橘が大きく息をついた。

昨夜の瞑想から比べると意識のコントロールがスムーズにできたためか、時間的にはだいぶ短い。

しばらくそのままの姿勢で体を休めていた橘は、やがて立ち上がると神殿所の電気をつけて、燭台や蠟燭を片づけ始めた。

蠟燭の灯りを使うのは、今回の依頼のような特別の時だけなのだ。

片づけを終えた時に、神棚や祭壇の位置が微妙にズレていることに気づいた。

『このズレか。このズレのことを東城先生が気にしていたのか』

橘は蛍光灯に照らされて明るくなった神殿所の床に座りながらそう思った。

橘はぼんやりと祭壇の足下のあたりに視線を遊ばせながら、透視してきたひとつひとつの場面を思い出しては、つじつまが合うようにそれらを再度構築してゆく。

二日間の橘流遠隔透視法で判明したことは、遠藤家と、遠藤弘也を殺害した犯人ユウスケの先祖である、加賀美家とのあまりにも暗く深い因縁だった。

因縁の構成

両家の因縁は江戸時代にまで遡った。

信州竜川藩の勘定奉行配下で勘定小頭を務めていた加賀美兵庫介光俊が、勘定奉行である遠藤出羽守恒久に斬殺されたのである。

江戸藩邸に詰めていた遠藤出羽守は、参勤交代用の藩金を着服して遊郭に通い、愛妾を囲い、贅沢三昧の生活を続けていた。

職務柄、二重帳簿のからくりを知った加賀美兵庫介が遠藤に詰め寄り諫止すると口論になり、勢い余った遠藤が加賀美を斬殺してしまったのだ。

死人に口無しということか、遠藤は藩金横領をすべて加賀美の画策であるとし、逃亡の恐れがあるため拘束しようとしたところ、斬りかかってきたために、やむなく討ち果たしたと藩に届け出た。

そして遠藤は加賀美本人を斬殺しただけではなく、加賀美の妻と、まだ年端もゆかぬ息子をも母子心中に見せかけて殺害した。

巧妙に自殺に見せかけての殺害は、加賀美が藩金横領について何事かを日記に書き残していたのではないかという不安にかられたからだった。

藩内では日記魔のひとりとして知られていた加賀美であっただけに、遠藤はそれを気に病んでいたのである。

藩の取り調べが始まる前に、加賀美の妻子を殺害して、日記を手に入れて焼却し終えた遠藤は密かに薄ら笑いを浮かべていた。

加賀美の生まれたばかりの娘だけは、使用人夫婦に伴われて加賀美の妻の実家へと落ち延びていった。

その娘の遙かな子孫が、遠藤弘也を殺害したユウスケなのだった。

遠藤出羽守は執拗な性格だったらしく、加賀美の妻の実家へと落ち延びていった娘をも殺害しようと企てた。

ところがその企ては、怨霊と化した加賀美兵庫介によって阻止された。

加賀美が斬殺されてからちょうど一年目の同時刻に、突然、遠藤が狂死したのである。それも藩主を前にした酒宴の席でのことであった。

遠藤はいきなり立ち上がったかと思うと叫び声を上げながら、刀を抜いて藩主に切りかかっていった。遠藤の凶刃に藩主の右耳が切り裂かれた。

声高に狂声を発しながら、もう一太刀振り下ろそうとしたところを、まわりにいた者たちに取り押さえられた。

それでも遠藤は気の触れたような笑い声をたてながら、己の両目を両手でくりぬき、もう一度大声で何事かを叫ぶと、舌を嚙み切ったのである。

正義に燃えての諫止をした己を斬殺し、何の関係もない妻子をも自殺に見せかけて殺害し、ただひとり残った愛娘までをもその毒牙にかけようとする遠藤への滾るような憎悪と恨みが、加賀美の霊を怨霊へと変えてしまったのである。

加賀美の霊はその後も荒ぶる怨霊として、遠藤家の子孫に祟りをなしてゆくことになる。

仮に加賀美兵庫介ただひとりの斬殺ということであれば、ここまで強烈な怨霊として、未来永劫までも成仏することなく、遠藤家を災い祟ってゆくということもなかったのではないだろうか。

藩主も遠藤の言葉を信じ、断絶した加賀美家の菩提を弔うことを禁じたことも、またそのひとつの要因のようであった。

十二月七日に起こった通り魔事件は、加賀美兵庫介の怨霊が自分の子孫の肉体を借りて、二百年余の憎悪と恨みを一気に爆発させた事件だったのである。


橘は新しい朝の気配が近づいてきた神殿所を後にした。

加賀美ユウスケの捜索

橘流遠隔透視法によって判明した、事件当夜にユウスケが降り立った駅が見える喫茶店の中に、橘と東城のふたりの姿があった。

もうすぐ午後八時になるとはいえ、暗い店内に反して駅前が明るいためか、外の様子がよく見えた。

今にも雨が降ってきそうな空模様だった。

「宗家、本当にここで張り込んでいればいいんですか」

東城が不安げに橘に聞いた。

「こんなことまでする必要性があるんでしょうか」

じっと駅の方を見続けている橘は、うなずくこともなく押し黙ったままでいる。

真剣にユウスケが現れるのを待つ橘の態度が、この張り込みが重要なのだということを、言外にほのめかしているようだった。

依頼の完遂は当然のこととしても、結局はこれが除霊の第一歩なのだ。

単純に霊を祓うということだけが除霊ではない。

霊を慰め、癒し、神上がりしてもらって、更に、霊が引き起こしていた不幸を幸福にと変化させてゆくことこそが、本当の除霊なのである。

そのためには因縁の根源をきちんと見極めることができないといけないのだ。

橘が外を見つめたままで、

「まず間違いないはずです。三日目のリモート・ビューイングで、彼が毎日この駅から会社に通っていることを透視しました。帰宅する時間もだいたい今頃です。駅構内の時計が、午後八時過ぎでしたから」

そう言って、冷めたコーヒーに口をつけた。

この喫茶店にふたりが入ってから、かれこれ一時間くらいが経つ。

橋の透視が正しければ、ユウスケがすでに帰宅してしまっているということはないはずだった。

午後八時三十分、コーヒーを飲み干して橋が席を立ち、東城に目配せをした。

「来ましたか」

と、東城が言う。

橋はそれにうなずきながら、

「ここの支払いをしてから私を追いかけてきてください。私は先に出て加賀美ユウスケを尾行しています」

と言うと、足早に喫茶店を出て、外の人波に紛れ込んでいった。

支払いを済ませた東城は慌てて外に飛び出すと橋の姿を探した。

橋に追いついた東城が隣に並ぶと、

「五人ほど前を歩いている、白いシャツを着た背の高い男がそうです」

と、東城に橘が耳打ちした。

「まるで本物の探偵になったようですね」

と、冗談交じりに東城が言うと、橘も軽く笑いながらうなずいた。

尾行は十分ほどで終わった。

追跡の途中で気づかれることもなく、簡単に加賀美ユウスケの自宅を突き止めることができたのである。

新築されたばかりのような、瀟洒な三階建てのビルであった。

一階が設計事務所になっていて、そこには『株式会社加賀美建築設計事務所』の文字があった。

ユウスケは外階段を二階まで上がり、玄関と思われるドアを開けて中へとその姿を消した。

そこまで確認した橘と東城は、明かりの消えている設計事務所の前に身を寄せて、しばらく押し黙ったままでいた。

東城は一瞬とはいえ橘のリモート・ビューイングを疑ったことを後悔していた。陰陽師としての橘の異常ともいえる集中力をはじめとして、非常に強烈な力を常日頃から目の当たりにしていた東城ではあったが、まさか本当に橘流瞑想法によって犯人を特定できるとは思っていなかったのである。

犯人の痕跡や、犯行に至った原因などの解明ぐらいのことであれば、何とかなるかもしれないと思っていたのだ。

橘流瞑想法による透視が、よもやここまでの威力を見せつけるとは思いもよらなかった。

東城の行う瞑想は、精神の統一が主であり、気を高めることまではできるが、その状態をどれほど維持し続けても、過去を見たり、空間を飛び越えて、自分の知りたいその情景を見たりすることはできない。

どれほどの隔たりがあるのか、橘と自分との陰陽師としての力の差を、今回ほどあからさまに感じたことはなかった。

それは持って生まれたものの差なのか。

たとえば素質やセンスというようなものの差なのだろうか。

それともひとえに、修行の多寡で推し量ることのできる問題なのであろうか。

そうだとすれば、そうだとしたら……。

いずれにしても東城は、橘と自分との間にある遙かな隔たりを思い知らされたようだった。

何かを待っているかのような橘の横顔を見つめながら、東城は『自分はもっと修行が必要なのだ』と改めて思った。

頃合を計っていたのか、橘が東城を促して外階段へと向かった。

足音に気をつけながら二階まで上がる。

鉢植えが飾られた玄関脇に郵便ポストがあり、そこに両親の名前とともに、加賀美佑輔という名前があった。

東城が用意してきたデジタルカメラで、ポストに書かれている住所と家族の名前を撮影した。

フラッシュが驚くほどの眩しさで加賀美家の玄関先を照らし出した。

橘と東城は目的を果たした探偵のようにその場を静かに去って行った。
空には薄い雲に覆われて、月の光がぼんやりと見えていた。

遠藤利恵の依頼に関しての結果報告

加賀美佑輔の自宅が判明した翌日、橘は電話で遠藤利恵に今回の依頼に関しての結果を報告した。

橘流遠隔透視法によって明らかにされた事件当夜の様子や、犯人である加賀美佑輔の名前を淡々と語っていった。

それでも決してビジネスライクになることなく、伝えるべき内容を語る言葉のひとつひとつが、利恵の心境を考えて選ばれたものであった。

「遠藤家と加賀美家の、先祖から続く因縁が今回の本当の犯人なんです。実際に加賀美佑輔に会ってみたところで、彼は今回の犯行について何ひとつとして記憶にないと思います。すべてが怨霊の仕業であり、加賀美佑輔もまたそういう意味においては、利恵さんと同じように被害者なのかもしれません」

そう言う橘に対して利恵は電話の向こうから、憎しみに声を荒げて、あくまでも加賀美佑輔の住所を聞きたがるのだった。

それは無理もないことなのかもしれなかった。

ある日突然、父親を惨殺され、その結果、心労から母親が自殺。

利恵にとってみれば怨霊の仕業であろうが、ただの通り魔殺人事件であろうが、そんなことはどうでもいいことなのだ。

やり場のない怒りだけが利恵の心に渦巻いているのだろう。

利恵が加賀美佑輔に会ったところで、利恵が佑輔を殺したりすることはないはずだ。

それは利恵に取り憑いている怨霊が、自分の子孫である加賀美佑輔を守るに違いないという、逆説的な意味合いをも含んでいるのだが。

利恵の気持ちが痛いほどにわかる橘は、根負けしたように、

「わかりました。加賀美佑輔の住所もお教えします。ただし、これだけは約束してください。決して、加賀美佑輔に会いに行かないこと。もし、利恵さんが加賀美佑輔を訪ねて行ったとしても無駄です。彼は今回の事件に関しては何も覚えていないはずですから。先ほども言ったようにすべては怨霊の仕業なのですから。加賀美佑輔には会いに行かないこと。約束できますか」

と、どこまでも真摯に言った。

そして先ほどまでの大声を上げていた人とは全く別人のように、涙声で快諾した利恵に加賀美佑輔の住所を教えながら、橘はこの後に利恵がとるであろう行動と、その行動がもうひとつの波紋となって、自分のところにはね返ってくるであろう光景が見えた。

「それともうひとつ約束してください。利恵さんの除霊を行いたいと思いますので、こちらが指定した日には必ず、橘流陰陽道総本部に来ること。よろしいですか」

と言った。

利恵は二つ目の約束も快諾し、

「橘先生が指定した日にそちらに伺えばよろしいんですね」

と、落ち着いた声で確認する。

「そうです。利恵さんの除霊をするために、いろいろと用意することがありますので、どうしても、少しお時間をいただかなければなりません。本当はすぐにでも除霊したいところなのですが、怨霊を神上がりさせて、二度と利恵さんに取り憑かないように万全を期したいと思いますので、もう少しだけ時間をください。そして、除霊が完全に済むまでは、この間の対面鑑定の時にお渡しした水晶のブレスレットと霊符は、何があっても外したり失くしたりしないでください。お願いします」

依頼への回答を終えて受話器を置いた橘は、しばらく目を閉じたまま、耳の底に残る利恵の哀しく切なげな声を聞いていた。

それはいつしか遠く聞こえてくる潮騒の音にかき消されていった。

遠藤利恵、加賀美佑輔を訪ねる

橘からの報告の電話を切った後、遠藤利恵はまんじりとすることもなく朝を迎えた。眠ることなどできなかった。

橘のリモート・ビューイングによって犯人が判明したことが、利恵の中で静かに眠っていた何かを目覚めさせてしまったのか、いつものおとなしいだけの利恵ではなくなっていた。

部屋の中をわけもなく歩き回り、立ったり座ったりを繰り返した。

橋に言われた加賀美佑輔に会いに行かないことという約束も、すでに利恵の頭の中からは消えてしまっていた。

まだ夜が明けきらぬ前、始発の電車に乗った利恵は、橋に教えられた加賀美佑輔の自宅がある駅へと向かった。

早朝の街にはまだ人影もまばらだったが、誰もがすれ違う度に、駆けるように早足で歩く利恵を避けているかのように見えた。

加賀美佑輔の自宅に到着した利恵の姿が、一階の設計事務所の窓ガラスに映った。

その顔はもの凄い形相に引きつり、直視することが憚られるようだった。

旋風のように外階段を一気に駆け上がった利恵は、玄関のチャイムを狂ったように鳴らし始めた。

まだ誰も目覚めていないはずの加賀美家の静寂が破られ、三階で寝ていた家族全員が目を覚まし、何事かとおそるおそる二階へと下りてきた。

利恵はチャイムを押し続けながら、

「カガミユウスケ、コノヒトゴロシ！」

と、あたりかまわず大声で叫ぶ。

ドアノブをがちゃがちゃと回し、ドアを何度も何度も手のひらで思い切り叩き、ドアに当たっては跳ね返る「カガミユウスケ、コノヒトゴロシ！」という悲鳴にも似た利恵の叫び声は、早朝の静まり返った街に響きわたった。

突然の嫌がらせに腹を立てた佑輔がドアを開けようとすると、佑輔の父親の浩一と母親の真知子がそれを引き留めた。

「警察に電話しなさい」

と、浩一がどこまでも冷静な声で言うと、真知子は信頼しきった目でうなずきながら急いで受話器を取った。

佑輔は屈辱に身を震わせながらも、どこか心の奥底の方で、屈辱とは別の震え方をしている自分がいることを感じて、固く瞼を閉じた。

加賀美家からの通報で駆けつけてきた警官ふたりに取り押さえられた利恵は、それでも叫ぶことをやめず、利恵を乗せたパトカーが加賀美家を去った後にも、その叫び声だけがいつまでもこだましているようであった。

早朝の署内で騒ぎ立てている遠藤利恵を見かけた遠藤弘也通り魔殺人事件の担当刑事のひとりである北村雅人が、利恵に近づいて行くと、まるで今にも噛みつきそうな表情で北村の無能をなじった。

「加賀美佑輔が父を殺した犯人なのに、なぜ捕まえてくれないのよ。もう半年も経つのにどうして逮捕できないのよ」

北村のスーツを両手で摑み激しく揺する。

利恵を北村から引き離そうとする警官を北村は自ら制して、利恵のするがままに任せた。

「加賀美佑輔を逮捕してよ。どうして逮捕しないのよ。どうして、どうしてなのよ」

と泣きじゃくりながら北村を叩き続ける。

やがて疲れ果てたのかおとなしくなった利恵に向かって、

「わかった。加賀美佑輔について僕が直接に調べてみる。約束するよ。だが、憶測だけでは警察は動くことができないんだよ。もう少し、もう少し待つんだ。必ず真犯人を逮捕するから」

と、しんみりした表情で北村がつぶやくように言った。

利恵の辛い気持ちが北村には痛いほどよくわかる。

北村の身内にも自殺した利恵の母親と同じような障害を持つ者がいるのだ。

それだけではなく、ひき逃げ事故の犯人が捕まらずに時効が成立してしまったことも、また、利恵の母親の事故が最初は殺人事件の可能性も考えられていたほどだったことを思うと、同じ警察にいる者として、どうしてもやるせなくなるのだ。

そしてまた今度は通り魔殺人事件の担当者として、その犯人をなんとしてでも逮捕しなければならないと思っている。

何人もの目撃者の証言を聞き取り、現場を穴の空くほど調べ、似たような通り魔殺人事件の調査報告書等を参考にするために、睡眠時間さえ惜しんでこの半年を過ごしてきたのだ。

最大の決め手になるはずだった、被害者の指先に絡まっていた犯人のものと思われる髪の毛の鑑定結果が、何度やってみてもエラーが出てしまうという、信じられない結果に終わったことにもめげることなく、地道な追及をやめない。

利恵の言う加賀美佑輔に対しての捜査も行うつもりだ。

百の証言のうち、たとえ九十九がただの雑音であるとしても、北村は残りひとつの証言がある限り、どれほどの時間や労力がかかろうともやり遂げるつもりでいるのだ。

自分が頭になるつもりはない、と北村はいつも思っている。

現場にいる自分はいつだって手や足で確証を探してゆくだけなのだ。

緊張と睡眠不足のためか、北村の足下に崩れるように倒れ込んだ利恵に、その言葉が届いたかどうかははっきりとはしなかった。

ふたりのやりとりを見ていた警官に、利恵を休ませるように指示を与え、もうすぐ出勤してくるはずのもうひとりの担当刑事である辻香織に利恵の言う内容をより詳しく聞いてもらうように頼むと、北村は宿直の疲れを吹き飛ばすように大きくのびをして警察署を後にした。


署内の仮眠室で昼過ぎに目覚めた利恵は、自分が今どこにいるのかわからずにいると、辻香織が部屋の中へと入ってきた。

「もう大丈夫そうね。ずいぶん無茶したみたいだけど、覚えてる」

と笑いながら話しかけてきた。

利恵はなぜ自分がここにいるのかわからないこと、そして今までのことを何ひとつとして思い出せないことを辻に告げた。

辻は利恵が何をしたのか、ありのままに伝えた。

本当なら取り調べを受けなければならないということを告げたあとで、加賀美家からもこれといった被害届が出されなかったので、あえて不問にしたのだと言う。

「加賀美さんのお宅で何をしたか本当に覚えてないの」

と、改めて聞く辻に、利恵は小さく頭を振って答えた。

「まあ、いいわ。あなたは大きな声で『加賀美佑輔は人殺し』って騒いだそうよ。静かな早朝の住宅街、ずいぶんよく響き渡ったことだと思うわ。ところで、加賀美さんがあなたのお父さんを殺した犯人だって、どうしてそんなふうに考えたのか、それだけは教えてくれないかな」

利恵は辻に聞かされても、自分のやったことがまるで思い出せなかったが、加賀美佑輔が犯人であるという確信の所在だけは、それを辻が信じるか信じないかは別としても、できる限り詳しく教えた。

橘流陰陽道総本部の宗家である橘宗輝のリモート・ビューイングにより、今回の通り魔殺人事件は、加賀美佑輔に憑依した霊が起こした仕業であることが判明したということを、真剣に辻に向かって言った。

信じてもらえるはずがないという気持ちは利恵の中にはなかった。

それはひとえに対面鑑定の時に感じた、橘に対する確固とした信頼感のなせるものであった。

科学的な捜査を越える、常識を越えたところにある現実として、利恵は橘の言葉を信じているのだった。

「だから、辻さん、加賀美佑輔を逮捕して取り調べてください。絶対に加賀美佑輔が犯人なんです」

辻はまるで不思議なものを見るように、そう言い切る利恵を見つめると、大きくため息をついた。

「わかったわ。とにかく一日も早くあなたのお父さんを殺害した犯人を逮捕できるよう努力します。だから利恵さんも、今日のようなことはもうしないようにお願いするわ」

利恵は軽くうなずいてお礼を言い、警察署を後にした。

利恵を見送る辻はつぶやくように独り言を言った。

「橘流陰陽道総本部、橘宗輝、か」

加賀美佑輔への手紙

遠藤利恵への報告を終えた橘は、自室に籠もり加賀美佑輔に宛てて手紙をしたためた。

利恵から依頼を受けて橘流遠隔透視法によるリモート・ビューイングで、昨年の十二月七日に起こった通り魔殺人事件の概要と、その犯人が佑輔であること、そして遠藤家と加賀美家の長年に渡る悪しき因縁の存在を、すべて見たことを包み隠すことなく手紙に書いた。

その手紙の中で、橘は怨霊によって意識をコントロールされていた佑輔を非難することなく、むしろ殺された遠藤弘也と同じように、彼を被害者のひとりとしてあつかっていた。

それでも、佑輔にその手紙の内容が信じてもらえないかもしれないと思い、三日目のリモート・ビューイングで見た、今回の事件の唯一の証拠ともいえる事実を書いておいた。

事件の夜、自宅に戻った佑輔は、依然、怨霊によって精神をコントロールされていた。

自室で血の付いたダッフルコートや衣類を脱ぎ、細かく裂いては新聞紙にくるんだ。

数日前から手をつけていた自室の模様替えで出たいくつものゴミ袋に、目立たないように分けてそれらを捨てた。

数日前から行っていた部屋の模様替え自体も、怨霊による証拠の隠滅を考えての、用意周到な準備作業によるもののようであった。

怨霊は自分の恨みを晴らすことにかけてはどこまでも執念深く、自分の子孫である佑輔たちを守ることに関しても非情なまでに徹底していた。

だが、その作業の最中に、部屋の壁の隅に一カ所だけダッフルコートの返り血が付着したことには、気がつかなかったのである。

透視によりその証拠を見つけた橘は、手紙の中にその場所をはっきりと書いたのである。

おそらく半年という時間の経過のために、血痕はただの黒いシミのようにしか見えないかもしれないが、見ず知らずの橘宗輝なる人物から、自室のその場所にある、佑輔自身も気づかないでいたそのシミの存在を指摘されたとしたらどうだろうか。

そして橘は、遠藤家と加賀美家の深い因縁を消すために、遠藤利恵の除霊を執り行う際には佑輔にも来てくれるようにと依頼したのである。

橘は、どこまでも真摯に、遠藤家と加賀美家の過去から現在までのいきさつをしたためた。

橘からの手紙が佑輔の手元に届いたのは、遠藤利恵が加賀美家の玄関先で騒いだ日の翌日のことであった。

一読した佑輔は震え続ける指先で、手紙が示す壁の一カ所をさぐった。

そこには何かが擦れたような、ざらついた黒いシミがあった。

そのシミを見ても何ひとつ思い出すことのできない佑輔ではあったが、昨日の早朝の叫び声を聞いた時に感じた、屈辱とは明らかに違う震えが、ここでもまた起こったのだった。

佑輔は十二月七日の夜のことを思い出そうとする。

あの日は佑輔の誕生日のお祝いをかねて、恋人の横山美帆とデートした日だった。

ふたりでランチを食べ、その後映画を観て、しゃれたレストランでディナーを楽しんだ。

美帆を駅まで送った後、携帯電話を忘れたことに気づいてレストランに戻り……頭痛がして、そうだ、激しい頭痛がして……頭痛がして……それから先の……記憶が、ない。

震える両手で頭を押さえたまま、佑輔はあれこれ考え始める。

事件現場が美帆を送った駅のすぐそばであること……。

……それはただの偶然だ。

あの夜、確かに自分は美帆を送ったあと電車に乗った。

しかし、何も事件など目撃していないし……。

あの日着ていたダッフルコートが、ちゃんとクロゼットの中に仕舞ってあれば……。

……橘の手紙に書いてある壁の血痕が、実は血液のそれではなく、ただの何かのシミである確率が高くなるはずだ。


佑輔は急いでクロゼットを開けた。

問題のダッフルコートを探す。

慌てているためかハンガーにかかっている洋服が次々と床に落ちてゆく。

衣装ケースを開けてみる。

すべての衣類を部屋中にまき散らす。

クロゼットの隅、空になった衣装ケース、ベッドの上、天井、衣服にあふれた床。視線が定まらない。

急に目の前が暗くなったかと思うと、佑輔は床にその体を投げ出した。

天井の白い色が徐々にくすんでゆくような気がした。

グレーから黒へ。

そのまま気を失ってしまえればどれほど楽なことだろうか。

涙に潤んだ目を震える両手で押さえる。

自分の呼吸する音がうるさい。

心臓の早鐘を打つような音が煩わしい。

口をついて出てくる言葉は、

「……そんな馬鹿な。……何かの間違いだ。……あり得るはずがない。……僕を陥れて何が楽しいんだ」

佑輔はこらえきれずに嗚咽を漏らした。

泣くことで少しだけ落ち着いたのだろうか。

深呼吸をひとつして、佑輔はようやく明確な判断を下した。

ダッフルコートは、ここには、ない。

だが、だからといってそのことがすぐに、この橋の手紙に書かれてあることが事実なのだという証拠にはならないはずだ。

たとえば、橋なる人物が、佑輔をおとしめるために画策したものなのかもしれない。

佑輔のダッフルコートを隠し、佑輔の部屋の壁にシミを付けて……。

……しかし、なんのために。

橋からの手紙は、佑輔を通り魔殺人事件の犯人であると指摘しているが、警察に通報するという表現もなければ、脅しているというわけでもない。

淡々と、橋がリモート・ビューイングという超能力のようなもので見たことを書き記し、佑輔にただひとつのことを依頼しているだけだ。

遠藤利恵という女性の除霊に立ち会ってほしい、と。

「それじゃ、昨日の朝玄関先で僕のことを人殺し呼ばわりしたのは、この遠藤利恵って人なのか」

佑輔は震える声でつぶやいた。

「僕は人殺しなんかじゃない。通り魔なんかじゃない。これは何かの間違いだ。リモート・ビューイング？　そんなオカルトめいたものがあるわけないじゃないか」

どれほど否定しても、心の奥底の方に否定しきれない澱のようなものがあることに気づく。

佑輔を起点として何かが確実に起こり始めているのだ。

それを因縁と呼ぶのだろうか。

いまだ半信半疑のままだとはいえ、佑輔は手紙に書いてあった橘流陰陽道総本部に、急いで電話をした。

橘と電話で話をしながら、どこまでも深い奈落の底に落ちて行くような感覚にとらわれた佑輔は、受話器を持ったまま、その場に崩れ落ちた。

消え入りそうな意識の中で、佑輔は橘に除霊には必ず行くと、まるで目に見えない何者かに対して、宣戦布告でもするかのように叫んだことだけは、しっかりと覚えていた。

加賀美佑輔に関する北村の調査

利恵を送り出した辻が刑事課の自分の席に戻ると、ちょうど北村からの電話が入っていた。

北村からの報告は辻の思っていた通りだった。

被害にあった加賀美家の早朝の事件についての、所轄署が作成した調査書を一通り確認した上で、利恵の言っていた加賀美佑輔に会いに行ったのだった。

通常であれば刑事ひとりでの行動は慎まねばならないのだが、北村は佑輔が犯人であるという利恵の言葉だけを頼りにしての行動のため、やむなくひとりでの聞き込み捜査のような状況になったのだった。

騒ぎは早朝のことだったので業務時間に支障がなかったのか、加賀美建築設計事務所は普段通りに営業していた。

事務所内には佑輔の父親の浩一と母親の真知子がいた。

朝から何度も同じことを警察に話していたためか、北村に対して淀みなく今朝の状況等を話してくれた。

「佑輔が人殺しなどするはずがありません。まじめでいい子に育ってくれました。自慢の息子です」

自信を持ってそう言う浩一と、隣で静かに相槌を打つ真知子を見て、北村は利恵の家族の不幸との激しいギャップに少し戸惑った。

北村は加賀美家を後にして、そのまま休憩もとらずに、佑輔の勤務先である大手総合商社を訪ねた。

突然、刑事が勤務先に何の前触れもなく現れたにもかかわらず、佑輔は慌てたふうもなく落ち着き払っていた。

受付の横のパーテーションで区切られた接客用のブースで、北村の質問に動じることもなく淡々と答えてゆく。

北村は単刀直入に十二月七日の事件の夜のことを佑輔に聞いた。

すると、半年も前の出来事のはずなのに、すらすらと返事が返ってきたのである。

北村はそのことに興味を持ったが、十二月七日が佑輔の誕生日で、恋人の横山美帆という女性と一緒にいたのだった。

ただひとつ北村が引っかかったのは、ふたりがデートをしていた場所が、遠藤弘也の殺害された現場の駅周辺だったという点だった。

「ちょうどあの駅がふたりの家からの路線が交わるところなので、いつもあそこで待ち合わせているんです。だからその日もあの駅で待ち合わせたし、映画を観たのは別の街だったけど、食事はあの駅の近所でした。帰りもあそこから電車に乗って……。通り魔殺人事件そのものを目撃していないし、パトカーや野次馬なんかも見ていないので、ちょうど僕たちが帰った後での事件だったんでしょうね。あの事件についてはニュースで知って、ちょうどあの日だったんで、美帆と一緒にびっくりしたっていう記憶がありますね」

爽やかな笑顔を見せながら質問に答える佑輔に、北村は、通り魔殺人事件の容疑者として、疑いの目を向けることはできなかった。

北村は佑輔に、会社にまで押し掛けてきたことを詫びて席を立つと、こらえていたあくびが出た。今まで忘れていた眠気が急に襲ってきたのだった。

北村の話を聞き終えた辻は、北村の睡魔が自分にも襲ってきたかのように小さくあくびをした。

「辻さんもお疲れのようですね」

隣の席の新人刑事である石丸大輔が辻の顔をのぞき込むようにして言った。

「北村さん、電話で何度も何度もあくびをしたのよ。それがうつったのかもね。そうだ、石丸くんは陰陽師って知ってる」

辻が何気なく石丸に聞いた。

「知ってますよ。映画や小説とかで見たことありますよ。大昔の、なんていうのかな、催眠術みたいなものも使ってたんじゃないのかな、人を自由に操ったり、呪文やなんかで病気を治したり、逆に人を殺したりすることができたらしいじゃないですか。魔術師みたいなものなんですかね、そういうのって。そういえば安倍晴明って有名ですよね。でも、いきなりどうしたんですか、辻さん。そんな昔の人の話なんか」

「その魔術師のような陰陽師が現代にも生きているとしたら、どうする、石丸くん」

今からいたずらをしようとする少年のような表情になった石丸は、

「そうだな、彼らはなんでもできるだろうから、辻さんが僕のことを好きになってくれるような呪文を教えてもらって、辻警部補殿を僕の彼女にしちゃおうかな。なんちゃって」

辻はあきれたような顔で五歳年下の石丸を見る。

辻は速いスピードでの出世を続けていた。

警視庁の所轄署に配属されてから二年後に巡査部長、三年後に警部補試験に合格。三十歳を目の前にする今はひたすら警部になることを目指している。

実際には三十歳前後で巡査部長、四十歳で警部になれば優秀な方だというノンキャリア組の中では異色な部類に入る。

東京大学法学部を卒業している辻は、警視庁のキャリア組を目指すことも十分可能なのであったが、なぜか敢えて国家公務員上級試験を受験しなかったのである。

その真相を知る者はいないのだが、現場からのたたき上げであった、父親である辻一馬の殉職と無関係ではないだろうという噂がある。

辻の父親の殉職は、辻がまだ中学一年生の時のことだった。

連続殺人事件の捜査本部を指揮していた捜査一課の管理官の、明らかな指示のミスにより発生したもののようであった。

その重大なミスは決して今日に至るまで公にされることなく、当時の管理官は何事もなく順当な出世を続けている。

辻香織が時折見せる、どこか翳りのある表情もまた、暗い過去の思い出の所為なのかもしれなかった。

この四月に配属されたばかりの石丸には、そういう辻の複雑な部分が見えていないのだった。

辻は小さくため息をついて、

「まじめに聞くけど、石丸くん。たとえばその陰陽師が、ある迷宮入りの殺人事件の犯人を、呪文なのか占いなのかは知らないけれど、当てることができるかな。だいたいの見当じゃなくて、そのものずばり、犯人の名前まで」

と言った。

課長が部屋に慌ただしく入ってきて石丸を呼んだ。

「すみません辻さん。課長に呼ばれたんで、これで。いくら陰陽師が凄くてもそんなことができるわけがないじゃないですか。それだったら僕たち警察がいらなくなっちゃいますよ。もっとも、辻さんが僕にメロメロになるような呪文ならできるでしょうけど」

遠くから課長の、

「石丸、早く来い」

という声が聞こえた。

辻は石丸の言った『いくら陰陽師が凄くてもそんなことができるわけがないじゃないですか。それだったら僕たち警察がいらなくなっちゃいますよ』という言葉に何度もうなずいていた。

いずれにしても辻は、明日は北村と一緒に橘流陰陽道総本部を訪ねてみようと思った。

辻の知的な表情の中に、戸惑いを含んだような翳りが見えた。

橘流陰陽道総本部を訪ねる辻と北村

波頭は白く、どこまでも青い海が、初夏の日の光にキラキラと煌めいている。

辻は何も考えないようにして、どこまでも続く海を見ていた。

北村の運転する車は、波乗り道路を白子インターで降り、目的地である橘流陰陽道総本部を目指している。

北村の昨日の調査で、加賀美佑輔が犯人であるという可能性はほぼ消えたといっても過言ではない。

それが辻と北村の担当者としての一致した見解であった。

あとはなぜ、橘宗輝という現代に生きる陰陽師が、遠藤利恵に対して、父親の通り魔殺人事件の犯人が加賀美佑輔であると断言するように言ったのか、そのことが気になっていたのだった。

「陰陽道の占いの中に安倍晴明が得意とした六壬式占というものがあるの。昔のことだからよくわからないけれど、もの凄い的中率を誇っていたようよ。でも、その占法は安倍晴明だけが使えたものらしいの。それ以降、誰ひとりとしてその占法を使いこなせた者はいないそうよ。もしかしたら橘宗輝はそういう特殊な技法を使うことができるのかもしれないわね。仮にそうだとしても、今回ははずれたってことになるわけよね。加賀美佑輔が犯人である確率は限りなくゼロに近い状況ですものね」

北村は何も答えない。

朝からなぜかずっと押し黙ったままだった。

ゆるやかな風に、柔らかな緑色の葉を揺らす水田が広がる。

「のどかな所じゃないですか、辻さん。実のところ、たとえ辻さんの命令がなくても橘を訪ねてみようと思っていたんです。本来なら捜査に混乱を来すようなことをするなと厳重注意するだけで十分なのかもしれませんが、何か引っかかるものがあるんです。加賀美佑輔に直接会って話をしたから言うんですが、加賀美佑輔が今回の犯人であるとはとても思えない。長年やってきた刑事の勘ってやつなんですがね。遠藤利恵という被害者の娘がたまたまたれ込んだ情報というだけで、よくあるたれ込み情報と同じなのかもしれません。捜査の邪魔になるような情報もいっぱいくるじゃないですか。そのひとつとして考えれば、こんな所にまで来る必要もない。だけど、何か引っかかるんです。いずれにしても来てみてよかったです。私の田舎は仙台よりも少し北なんだけど、ここの景色とよく似てるんですよ」

朝からなぜかいらついていた北村が、ここへ来て幾らか気分がよくなったのか、笑いながら独り言のように辻に向かって言った。

遠くに橘流陰陽道総本部の赤い鳥居が見えた。

車を鳥居の手前に止めて外に出ると、辻と北村はどちらからともなく、大きく空に向かって伸びをした。


内弟子に案内されて辻と北村は対面鑑定室へと通された。

しばらく待つと橘が入ってきてふたりの前に座った。

神主のような装束を着てくるのかと思っていた辻と北村は、黒っぽいスーツ姿の橘を見て、幾分拍子抜けするとともに、現代の陰陽師の一面を窺い知ったような気になった。

橘は柔和な笑顔で、辻と北村のふたりに、

「わざわざ遠いところをご苦労様です」

と労い、内弟子が運んできていたお茶をふたりに勧めた。

辻がここに来た目的を橘に伝えると、橘は深くうなずき、協力できることであれば喜んで協力すると答えた。

「まず、遠藤利恵はご存じですね。その遠藤利恵が昨日早朝、加賀美家玄関先において加賀美佑輔を誹謗するという揉事を起こしました。この件は加賀美家が不問に付したことで事件にはならなかったのですが、遠藤利恵がなぜそういう行動をとったのか、彼女に確認をしたところ、あなたが、つまり、橘流陰陽道総本部第三世宗家橘宗輝が、彼女の依頼により、彼女の父親である遠藤弘也を殺害した人物を特定したが故の行動でした。遠藤利恵があなたに依頼した内容に関して、なぜ、加賀美佑輔がその犯人であるとしたのか、その辺りのことを伺いたく思います」

辻がそう言うと、橘は目を閉じてしばらく黙ったままでいた。

辻の言葉を反芻しているような感じだった。

北村は胡散臭そうな顔で橘をじっと見つめたままだ。

三人の思いがそのまま交差して摩擦熱を発したかのように、対面鑑定室の温度が上がってゆく。

「お宅と加賀美佑輔とはどんな関係なんだ。加賀美佑輔に恨みでもあるのか。遠藤利恵をけしかけてどんな得があるんだ。それとも陰陽道の占いで加賀美佑輔が犯人だとでもいう結果が出たのか。いずれにしても厳重注意ではすまないぞ、覚悟はできてるんだろうな」

気詰まりな沈黙に耐えられなくなったのか、北村が声を荒らげて橘に凄んでみせた。

辻は橘がどのような回答をするのか興味津々な眼差しで、橘の口元を見つめていた。

やがて橘は目を開けると辻に向かってこう言った。

「遠藤利恵さんから依頼を受けて、その回答を彼女に伝えただけのことです。加賀美佑輔と私は面識もありませんし、当然恨みなどあるはずがありません。橘流陰陽道の占法、その他の奥義を用いて出した答えを、依頼者である遠藤利恵さんに伝えただけのことです」

「加賀美佑輔の名前がどうして出てきたのかを聞いてるんだ」

北村が更に凄む。

「橘流陰陽道の奥義というのは六壬式占のことでしょうか。その占法で加賀美佑輔の名前が出たということでしょうか」

と、おだやかに辻が言う。

「六壬式占も使用いたしますが、今回の件は別の方法、橘流陰陽道独自の方法でやりました。これ以上のことは申し上げられません。捜査上、ご迷惑をおかけしたかもしれませんが、辻さんが先ほどおっしゃったように今回のことが事件ではないのであれば、これでお引き取りください。今後、遠藤利恵さんが、私の回答によってみなさんにご迷惑をかけるようなことがないようにいたします」

そう言って橘はふたりを対面鑑定室に残して出ていった。

北村はすばやく立ち上がると、橘を引き留めようと手を伸ばしたが、何か固い壁にぶつかったかのように、慌ててその手を引っ込めた。

なぜ橘を引き留めることができなかったのか、北村は自分の行動を不審に思った。

『橘の回答にはまだまだ突っ込んで行ける箇所が幾らでもある。なのになぜ自分は何もできずにぼんやりと突っ立っているんだ』

北村はただ立ちつくしたままで、じっと自分の指先を見つめていた。

指先が自分の意志に反して、小刻みに震えているのがわかる。

しばらく呆気にとられながらも、その指の震えを見つめていた北村は、得体の知れない畏れのようなものを感じて、自分の体までもが震え始めてきたのを止めることができなかった。

辻は橘の背中に、自分たちには窺い知ることのできない、もうひとつの真理があるように見えて、思わず息を止めた。

内弟子に見送られる辻と北村の乗った車が見えなくなると、今まで明るかった空が急に暗くなり、稲妻を伴って激しい雨が降り始めた。

自室の窓を開け、いよいよ激しく降る雨の音を聞く橘の顔に、煌めいた稲妻が、濃く深い翳りを投げかけてゆく。

除霊

除霊を行う当日、橘流陰陽道総本部には遠藤利恵が先に着いた。

橘は利恵を対面鑑定室に待たせたままで、加賀美佑輔の到着を待っていた。

今回の除霊は遠藤利恵に取り憑いている霊を単純に祓い除くということだけではなく、遠藤家と加賀美家にまつわる因縁を消し去り、その因縁の根源となっている怨霊、加賀美兵庫介光俊の霊を神上がりをさせることにあるのである。

そのためには、どうしても加賀美佑輔の立ち会いが必要なのだった。

東城が橘の部屋のドアをノックした。

「宗家、加賀美さんがお見えになりました」

橘は深くうなずいたものの、東城に言葉をかけることも、振り返ることもなく、じっと自室の壁を見つめたままだった。

東城が一礼して鑑定室へ下がろうとした時、橘が声をかけた。

「加賀美さんを対面鑑定室へ案内しておいてください」

東城は橘の言葉に驚き、不安を隠すことなく聞き返した。

「加賀美さんを対面鑑定室へ、ですか。対面鑑定室にはすでに遠藤さんがいますが、大丈夫でしょうか。加賀美さんは遠藤さんの除霊だということをご存じなのではありませんか。本当に、大丈夫でしょうか」

橘はその問いに、

「お願いします」

と、一言返しただけだった。

東城は橘の指示とはいえ、佑輔をひとりだけで利恵のいる対面鑑定室に案内するのは危険であると判断した。

東城の独断により、佑輔に付き添ったまま対面鑑定室に向かった。

利恵は入ってきた東城ともうひとりの男を訝しげに見た。

佑輔は覚悟を決めていたらしく、利恵に向かって自分が加賀美佑輔であることを伝えた。

東城の懸念どおり、利恵の表情が一瞬にして変わり、椅子から立ち上がると佑輔に摑みかかろうとした。

言葉にもならない言葉が利恵の口からほとばしる。

鑑定室で仕事をしていた浦上や内弟子たちがその声を聞くとすぐに、仕事の手を止めて対面鑑定室へと向かおうとした。

浦上たちが慌てて廊下へ出ると、橘がちょうど対面鑑定室のドアを開けて中へ入ってゆくところだった。

橘の毅然とした後ろ姿を見て、浦上たちはお互い軽くうなずきあい、再び仕事へと戻っていった。

橋が対面鑑定室へ入ってきても、利恵はそれに気づくこともなく、佑輔に向かって罵詈雑言の数々を浴びせ続けていた。

東城が佑輔を守るようにして立ちはだかっている。

佑輔は利恵の罵詈雑言を黙って受けているだけだった。

まるでそれが自分に科せられた罰であるかのようだった。

対面鑑定室へ入ってきた橋に気づき、その姿を見ても、利恵の攻撃は止まらなかった。

それどころか、今にも佑輔に摑みかからんばかりだった。

利恵の憎悪に満ち満ちた顔の向こうに、一瞬だけ、不気味な笑みを浮かべた怨霊の顔が見えたような気がして、東城が橋に助けを求めるような視線を投げかけてきた。

橋が東城に付き添う必要性をあえて指示しなかったのには理由があった。

利恵と佑輔をぶつけることで、利恵の中にいる怨霊が子孫である佑輔を守るために出てくるであろうことを期待していたのだった。

利恵の肉体の奥の方に入っている怨霊を幾らかでも出しやすくするために、ふたりが激しくぶつかり合う状況を作りたかったのである。

しばらく様子を見ていた橘が、大きく息を吐いてから一喝すると、まるで嘘のように利恵の暴言が止んだ。

利恵が落ち着いたことを確かめた東城は、後を橘に任せて対面鑑定室を出た。

橘は机をはさんで、ふたりと向かい合って座った。

静かになった利恵に対し、橘はこの除霊について訥々と語り始めた。

利恵にしても以前に橘から聞かされたように、今回の除霊がただ単に自分に憑いている霊を除くということだけではないということを、頭の中では理解していたのである。

ところが父親を殺し、母親を自殺に追いやった、憎んでも憎みきれない犯人が、いざ目の前に現れたために、一気に理性が吹き飛んでしまったのだった。

落ち着いたふたりを前にして、橘はもう一度今回の除霊の性質を伝えると、利恵と佑輔のふたりは、まるで呼吸を合わせたかのように同時に、深くうなずくような形で頭を下げた。

橘流陰陽道における除霊は、ただ単純にその人物に取り憑いている霊をその人の体内から追い出すというだけではない。

体内から霊を追い出すことができれば、確かにその時点での除霊は成功したように見えるが、排除された霊が、再び、より強力な力を持って、その人に取り憑いてしまうことがある。

その度に除霊を繰り返すという悪循環に陥ってしまうのだ。

除霊を行う側にしてみても、そういう対症療法的な除霊を続けてゆけば、いずれは除霊の失敗という最悪の事態に見舞われてしまう可能性が高いのである。

東城のトラウマとなっている除霊の失敗例もまたそういった対症療法的なものだった。

東城の先輩である兄弟子の新田真一が、まだ橘からひとりで行う除霊を許可されていなかったにもかかわらず、自分の力を過信したためか、橘に内緒で知人から頼まれた除霊を行った。

たまたまそれほど強くもない霊の除霊に成功したために、本来であれば橘流陰陽道総本部を通して依頼されるはずの除霊のいくつかを、知人からの紹介ということで自分で処理していたのだった。

新田の陰陽師としての能力は橘も密かに期待していたほどの優れたものであった。

まるで魔が差したとしか思えない。

除霊の最中に陰陽師として最もしてはならないことをしてしまったのである。

除霊していた霊を神上がりさせることができたと思った瞬間、更にその奥にいたより強力な霊が現れたのだ。

そのことを予期していなかった新田は、自分の力を過信していたことを悔やんだ。

まさに一瞬の油断がすべてを決したのである。

恐怖による精神の萎縮。

結果は悲惨なものであった。

依頼者の体内からの霊の除去はできたものの、追い出した霊が新田に取り憑いてしまい、恐怖にすべてを支配された彼の精神が、とことんまで侵されてしまったのである。

除霊に失敗して、逆に霊に取り憑かれてしまった者の末路は悲惨である。

霊的な力を持つ者が除霊に失敗して、逆に霊が憑依した場合、憑依した霊は、その人物が持つ霊的な力を自分のものとして利用してしまい、当然それは今までよりも遙かに強力な除霊を必要とするのだ。

新田の言動が急激に変わり、うつろな目と、まるで別人のように揺れ続ける体、自らが自らをコントロールできなくなってゆくその様子が、東城には耐えられなかったのだ。

変わり果てた姿の兄弟子である新田を見た東城は、陰陽道の厳しすぎる現実の一端を覗いてしまった。

結局、橘による除霊が行われ、新田の体内から強力な霊を除き、神上がりさせることができたのである。

新田は橘に感謝し、もう一度初心に返って修行をし直したいと願い出たのであるが、橘流陰陽道を統べる者として、橘は新田を破門にしたのだった。

それは他の陰陽師や修行中の者へのけじめだったのである。

その体験がいまだに東城の中に暗い影を落とし続けているのだった。

だが破門の真相を知る者は、橘と今ではその行方さえもわからない新田のふたりだけなのである。

師弟ふたりの間で交わされた実際のやりとりでは、もう一度初心に返って修行を積み、橘流陰陽道の陰陽師として更なる高みを目指すようにと、橘が新田に勧めたのだった。

新田の陰陽師としての素質と、これからの修行により開花してゆくはずの高い能力のことを思い、橘は強く新田を引きとめたのだった。

ところが新田は今後の橘流陰陽道総本部の将来のことを考えた末に、橘に自分を破門にするようにと懇願した。

新田はそれほどまでに自分を買ってくれている橘に、私情に絡むような前例を作らせたくなかったのである。

そして、魔が差したということでは済まされない、自分の行為への責任を取るがために、橘流陰陽道総本部を自ら去って行った。

そういう経緯があるため、橘の中にも一連のその体験は、東城よりもなお暗い影を落としているに違いなかった。

だが、橘は強力なその精神力と、内なる光り輝く存在と、橘流陰陽道宗家としての使命感により、その体験を乗り越えているのだった。

より高みへ、より強大で強力な、最高の陰陽師となるために。


橘を先頭にして神殿所に入る。

橘の指示に従い、橘を頂点にして正三角形を描くように、神殿所の中央に立つ。

深閑とした神殿所の中に、橘の柏手の音が響く。

橘の柏手の音に合わせるように、利恵と佑輔も柏手を打つ。

時間がいつもよりもゆっくりと流れているような錯覚さえ覚えるほど、神殿所の中の雰囲気は清浄な世界そのもののようであった。

大祓祝詞を朗々と奏上する橘の声が、神殿所の中のふたりを普段とは違う清らかな雰囲気で包み込んでゆく。

大祓祝詞を奏上し終えた橘の新作は、まるで太古の昔から連綿と続いている舞踊を舞う人のように淀みがない。

神殿所は普段から清浄で、常に祓い清められている場所なので、本来であればわざわざ結界を張る必要性もないのだが、より完全を期するために、八方位に結界を張ってゆくのである。

橘は神殿所の北から順番に、反時計回りに結界を張っていった。

橘の呪文と流れるような動きにより、結界を守護する神々が、普通の人には気配すら感じることのできない存在としての、その姿を顕わし始める。

神殿所の北に一柱、……顕現。

天照皇大神。

橘には、そのどこまでも深い、神の瞳の慈悲の色が見える。

神殿所の北西一柱、……顕現。
春日大明神。
　橘には、その重厚で荘厳な、神の息づかいの音が聞こえる。
神殿所の西に一柱、……顕現。
加茂大明神。
　橘には、その安心して余りある、神の鼓動の音が聞こえる。
神殿所の南西に一柱、……顕現。
住吉大明神。
　橘には、そのどこまでも軽やかな、神の身ごなしが見える。
神殿所の南に一柱、……顕現。
丹生大明神。

　橘には、その幽かな風に鳴る、神の衣擦れの音が聞こえる。

神殿所の南東に一柱、……顕現。

稲荷大明神。

　橘には、その顕現した神と同調してゆく己の鼓動が聞こえる。

神殿所の東に一柱、……顕現。

日天子。

　橘には、その総てに輝きを与える、神の発する光が見える。

そしてすべての穢れを神殿所から祓い清め、結界を張る儀式の最終段階である北東、鬼門と呼ばれる艮《うしとら》の方位に最後の一柱が顕現した。

八幡大神。

橋には、その邪《よこしま》なるものを一刀両断する、神の剣《つるぎ》が見えた。

陰陽道では東西南北という四正と、艮巽坤乾という四隅をもって八方位としている。艮は北東であり、巽《たつみ》は南東であり、坤《ひつじさる》は南西、乾《いぬい》は北西にあたる。八方位を固めてゆくということは、周囲すべてを完全に固めるということと同じ意味を持つ。

更に細かくしてゆくと、ひとつの方位を三山に分割することができ、それによって全八方位が二十四分割方位、すなわち二十四山が現れてくるのだ。北から時計回りに、坎《かん》宮に、壬・子・癸、艮《ごん》宮に、丑・艮・寅、震《しん》宮に、甲・卯・乙、巽《そん》宮に、辰・巽・巳、離《り》宮に、丙・午・丁、坤《こん》宮に、未・坤・申、兌《だ》宮に、庚・酉・辛、乾《けん》宮に、戌・乾・亥となる。

そういう複雑な方位の知識を佑輔は持っていなかったが、漠然と『八方位に結界を張るということは、もしかすると、多角形の頂点を線で結んでゆくと、限りなく円に近づいてゆくというのと同じで、つまりはこの空間のすべてを霊的に閉じてゆくことなのかもしれない』と思った。

板張りになっている神殿所の壁や床に橘の声が反射して響いている所為か、佑輔は、順番に結界を張ってゆく橘の声が、一カ所一カ所からではなく、すべての地点から同時に聞こえてくるような、不思議な錯覚にかられた。

前後左右から同時に橘の声が聞こえてくるようで、佑輔はいけないとは思いながらも薄目を開けてしまった。

ちょうど八方位に結界を張り終えた橘が、佑輔の目の前から神殿所の中央へと戻ってゆくところだった。

橘が歩いた場所には薄い刃のような鋭い風が吹き抜けてゆくように感じられた。

その刃のように感じられた鋭い風は、聖と俗とを分ける、見えない壁のようでもあった。

布留部ゆらゆら止布留部
布留部ゆらゆら止布留部

布留部ゆらゆら止布留部
布留部ゆらゆら止布留部
布留部ゆらゆら止布留部
布留部ゆらゆら止布留部
布留部ゆらゆら止布留部
布留部ゆらゆら止布留部
布留部ゆらゆら止布留部
布留部ゆらゆら止布留部

どれほどの時間が経っただろうか。
佑輔はかなりの疲労感を感じていた。
同じ姿勢でひとつところに立ったままでいることに苦痛を感じ始めていたのだ。
合掌をしている自分の両手がものすごく重く感じられる。
左隣にいる利恵を見ると背筋を伸ばしてまっすぐに橋の方に向いたままで、その真剣な表情が見て取れた。

橘が唱える『布留部の祝詞』が神殿所に響き、空気が振動しているのか祭壇の両脇に飾られている三種の神器の幡が微かに揺れているのが見えた。

橘は微動だにしない。

ひたすら「布留部ゆらゆら止布留部」と唱え続けている。

除霊に立ち会うのが初めてである佑輔にとって、橘の揺るぎない態度こそ信頼に値するものだった。

布留部ゆらゆら止布留部

布留部ゆらゆら止布留部

布留部ゆらゆら止布留部

布留部ゆらゆら止布留部

布留部ゆらゆら止布留部

布留部ゆらゆら止布留部

布留部ゆらゆら止布留部
布留部ゆらゆら止布留部
布留部ゆらゆら止布留部
布留部ゆらゆら止布留部

突然、利恵の表情が苦悶の色に変わる。

憎しみと、悲しみと、恨みと、無念さを、すべて合わせたようなどこか哀しい表情だった。

橘の唱える『布留部の祝詞』の韻律に合わせるように、利恵の体が右へ左へと揺れ動き始めたのを、佑輔は不思議なものを見るように見続けた。

『自分には影響はないのだろうか』

そう思って佑輔は合掌している自分の両腕を見る。

筋肉の疲労からか、両腕が微かに震えてはいるものの、利恵のように大きく体全体が揺れ動くことはない。

佑輔はほっとすると同時に利恵に憑いている霊の存在を否定することができない自分を発見した。

橘も当然、利恵の変化に気づいているはずなのだが、何事もないかのように、「布留部ゆらゆら止布留部」と唱え続けている。

あと何時間続くのだろうか。

佑輔はいよいよ除霊が本格的に始まったのだと実感した。

布留部ゆらゆら止布留部
布留部ゆらゆら止布留部
布留部ゆらゆら止布留部
布留部ゆらゆら止布留部
布留部ゆらゆら止布留部
布留部ゆらゆら止布留部
布留部ゆらゆら止布留部

布留部ゆらゆら止布留部
布留部ゆらゆら止布留部
布留部ゆらゆら止布留部

ゆらゆらと揺れ動き始めた利恵の体が、より大きく、今にも倒れそうな勢いでぐらぐらと揺れ続けている。

佑輔は驚愕の表情でそれを見つめている。

すすり泣くような声が利恵の口から漏れ始めた。

時折倒れそうになる利恵を守ろうとするかのように、佑輔が手をさしのべる。

橘は依然として何事もないかのような表情のままで『布留部の祝詞』を唱え続けている。

『テレビで見る除霊と同じような感じだな』

佑輔はぼんやりとそんなことを思いながらも、緊張に身を固くしていた。

布留部ゆらゆら止布留部
布留部ゆらゆら止布留部
布留部ゆらゆら止布留部
布留部ゆらゆら止布留部
布留部ゆらゆら止布留部
布留部ゆらゆら止布留部
布留部ゆらゆら止布留部
布留部ゆらゆら止布留部
布留部ゆらゆら止布留部
布留部ゆらゆら止布留部

突然、利恵の口から甲走った叫びが上がり、涙が止めどなく流れ始めた。
その悲鳴にも似た叫び声が神殿所の壁に当たって反響する。
利恵に取り憑いている霊が橘の除霊に反応し始めたのである。

苦しげな声が殷々と辺りを埋めてゆく。

橘が唱える「布留部ゆらゆら止布留部」という言葉が、利恵の口から漏れる苦痛のうめきとぶつかり合って、目に見えない火花を飛ばしているのか、神殿所のあちこちで何かが擦れるような音が聞こえる。

恐怖が背後から佑輔を包み込む。

肌が粟立って全身に広がる。

何かの暗示が利恵をこうさせているのかと思う。

何か催眠術のようなもので利恵をこうさせているのかと思う。

口の中がからからに渇いている。

目を閉じようとしても閉じることができない。

微動だにしない橘の姿だけが、佑輔にはやけに大きく見えた。

布留部ゆらゆら止布留部
布留部ゆらゆら止布留部

布留部ゆらゆら止布留部
布留部ゆらゆら止布留部
布留部ゆらゆら止布留部
布留部ゆらゆら止布留部
布留部ゆらゆら止布留部
布留部ゆらゆら止布留部
布留部ゆらゆら止布留部
布留部ゆらゆら止布留部

ぐらぐらと揺れる、今にも倒れそうな利恵と、それを不安げな表情で見つめ続ける佑輔。

除霊は最終段階に入ったのか、遠藤家と加賀美家の因縁を解き放ち、加賀美兵庫介光俊の霊を神上がりさせることを目的に、橘が利恵に取り憑いている霊に対して説得を開始した。

「お前は加賀美兵庫介光俊の霊だな。私が今からお前を神上がりさせてあげるから、利恵さんに祟りをなすことをやめなさい。お前の所為で利恵さんは苦しんでいる。遠藤家はお前の所為で長い間苦しめられてきた。お前の無念さ、怒り、悲しみ、それもよくわかる。お前がお前の子孫である佑輔君を操り、利恵さんの父親を殺したことで、遠藤家だけではなく、お前が守ろうとしている、お前が恨みを晴らそうとしている加賀美家自体もまた、呪われてゆくのだぞ。お前には、そのことがわからないのか」

突然、利恵の目が見開かれる。

憎悪に満ち満ちた目。

佑輔の体が恐怖のあまり硬直するのがわかる。

恐ろしさのあまり叫び声を上げようとしたのだが、硬直したままで掠れた声さえも出てこない。

真の恐怖に出合うと、人は悲鳴さえも上げることができないのだ。

佑輔の目に冷たい汗がしみる。

合掌したままの両腕がぶるぶると震えている。

自分が立っているのか倒れているのか、その感覚さえない。

佑輔は目をつぶることもできず、意識を失うこともできず、ただひたすら橘の唱える『布留部の祝詞』の荘厳な響きにすがり、利恵の除霊が成功することを心の底から祈るだけだった。

利恵の口が耳まで裂けたかと思うほどに大きく開き、くぐもった男の声で橘に向かって言葉を発した。

「私の恨みは、この女を、殺さない限り、晴れることはない。この女を、取り殺さなければ、恨みを、晴らすことができないのだ。お前なんぞに、私の、無念さが、わかってたまるか。私は、遠藤出羽守恒久の子孫を、ひとりたりとも、この世に、残すつもりはない。出羽守が、執拗なまでに、私の妻や、子を、殺したように、この女を、殺してやる」

橘はその言葉に動ずることもなく、憎悪に歪んだ利恵の顔を凝視しながら、言霊により一層力を込めてゆく。

神殿所の空気が確実に冷えてきているような気がして、佑輔は体を震わせる。

目に入った汗をぬぐおうとして、佑輔は合掌している手を離そうとした。

硬直しきっている腕が、まるで別人の腕のように感じられた。

利恵の体がより一層大きく揺れ動き、いつ倒れ込んでもおかしくないほどの反応が続いている。

言葉にならないうめき声や叫び声が、次々と利恵の口から発せられてゆく。

『こんなに体が大きくぐらぐら揺れているのに、倒れないのはどういうわけだ』

『もし、今の勢いのまま彼女が床に倒れるようなことがあったら、怪我をするかもしれない。その時は倒れ込む前に支えてやれるようにしよう』

『でも、僕が彼女に手を触れることで除霊が失敗したり、霊が僕自身に乗り移ったりしたらどうする』

と、佑輔は千々に乱れる心の中で思った。

『自分の感じたままに行動しよう』

そう思ったとき、橘が佑輔に向かって、微かにうなずいたように見えた。

除霊が開始されてから、すでに二時間以上の時間が経とうとしていた。

159 除霊

布留部ゆらゆら止布留部
布留部ゆらゆら止布留部
布留部ゆらゆら止布留部
布留部ゆらゆら止布留部
布留部ゆらゆら止布留部
布留部ゆらゆら止布留部
布留部ゆらゆら止布留部
布留部ゆらゆら止布留部
布留部ゆらゆら止布留部
布留部ゆらゆら止布留部
……………………
……………………
……………………

……………………………………………………
……………………………………………………
……………………………………………………
……………………………………………………
……………………………………………………
……………………………………………………

怨霊の憑依に苦しむ利恵が橘に摑みかかろうともがく度に指先が橘の打ち振るう祓幣に飛びかかろうとするが、目に見えない何かにはじかれるように、よろめいている。

怨霊が苦し紛れになおも橘に摑みかかろうとするが、いつまで経っても橘の体に触れることさえ叶わず、諦めたのか、うわずった声で橘に懇願をし始めた。

「それほどまでに、この女の、命を、助けたいのであれば、私の、願いを、聞いてくれ。私の、菩提を、弔ってほしい。私の、妻子とともに、私の、菩提を、弔ってくれると、約束してくれるならば、二度と、この女に、祟りを、なすことを、しないと、誓う」

橘はその言葉を聞くと、

「確かに約束するか。お前の菩提を弔えば、二度と利恵さんに祟るようなことはしないか。そう約束するならば、腕を上げよ」

初めのうちは橘の言葉に抵抗するかのように、祓幣に摑みかかろうとする利恵の腕が、ぶるぶると震えるだけだったのだが、そのうちにうめき声とともに利恵の両腕が、大きく上へ上へと上がってゆく。

両腕が利恵の頭の上にまで上がりきったところで、利恵の目が大きく見開かれて、震え続けていた両腕が、まるで万歳をするような形に広がった。

それと同時に利恵の口から、血を吐くような絶叫がほとばしる。

そのまま橘に摑みかかろうとするが何かにはじかれてしまうようで摑みかかることができない。

橘は慌てることなく、利恵に向かって呪文を唱えると、利恵は激しい衝撃波を受けたかのように身をのけぞらせ、神殿所から逃れようする。

ところが、橘によって八方位に結界が張られていたので逃れることもできず、苦し紛れに、以前遠藤弘也を殺害した時に行った、佑輔への憑依を試みた。

橘は、まさにこの瞬間を待っていたのだった。

怨霊が苦しさに耐えきれず、利恵の体内から逃れた瞬間に、橘は佑輔の体に橘流身固めの法をすばやくかけた。

この法は橘のような強力な力と、さまざまな除霊をこなしてきた実績と、どこまでも沈着で冷静な精神力を持つ陰陽師でなければ不可能な奥義のひとつなのだ。

佑輔は橘が自分の方に体を向けたのを見た。

次の瞬間には、体がものすごく熱く感じられた。

まるで熱風が吹き荒れている場所に、瞬間的に移動させられたかのようだった。

ゆっくりとした動作で、利恵の膝が折れて床に着くのが視界の端に見えた。

前のめりに倒れ込むかと思ったが、倒れることなくそのままの姿勢を続けている。

うめきや叫び声を上げることもなく、静かにただ滂沱《ぼうだ》の涙を流し続けているのが見えた。

佑輔の感じる熱がもはや耐えることのできないほどのものになってきた。

足下から熱気に混じり、もの凄い寒気が這い登ってくるようで、ひざががくがくと震え始めた。

佑輔の上半身が右へ左へと揺れ始める。

合掌したままの腕も上下に大きく揺れ始めた。

それがついさっきまで利恵の身に起こっていた現象と同じものだと気づいた佑輔は、恐怖のあまり大きく叫び声を上げた。

その瞬間、橘の力に満ちた視線が佑輔の目を射る。

佑輔の叫び声よりも大きな橘の気合いが佑輔の体を打ち、その反動か佑輔はよろめきながら、腰砕けに神殿所の床にしりもちをつく。

一瞬呆然としたものの、さっきまでの熱さや、体の震えなどが嘘のように消えてなくなっていることに気づいた。

橘はすでに佑輔から利恵の方へとその体の向きを変えている。

静かに涙を流すだけだった利恵の表情が一変して、前にも増して苦しむ表情が見て取れた。

がっくりと膝を床に着いたままの利恵が身をよじり、再び怨霊にその身を乗っ取られている様子が見て取れた。

『さっきの自分の身の上に起こった現象はなんだったんだろう。利恵さんが一瞬静かになったことと関係があるのだろうか。もしかしたら、僕に霊が乗り移ろうとしたのだろうか。それを橘先生が阻止して救ってくれたのだろうか』

そう思いながら、佑輔は立ち上がり、利恵のそばに近づくと改めて、真摯な気持ちで合掌し、利恵の除霊の成功を祈った。

利恵が苦しみながらも立ち上がる。

憎しみに満ちた目で橘に摑みかかってゆく。

何度も何度も、橘に摑みかかろうと飛びかかってゆくが、目に見えない壁にはじき返され、その度に低いうなり声を発した。

橘が利恵の目をまっすぐに凝視しながら、

「佑輔君に乗り移ろうとしたな。またお前は自分の子孫を利用して自分だけ助かろうとするのか。お前が苦しめば苦しむほど、お前の子孫もまた苦しむということがわからないのか。私が透視した江戸時代のお前は、真に善良な武士の鑑のような人物であった。そのお前が、遠藤出羽守の不正をただそうとしたお前が、逆に遠藤の返り討ちに遭い、愛する妻や子を殺された恨みが、お前を怨霊に変えた。だがもうよかろう。これ以上の祟りはお前の子孫にもその災いをもたらす。私がお前を神上がりさせてあげるから、利恵さんの体から出てゆきなさい。先ほどお前が私に頼んだこと、お前とお前の妻子の墓を探し出して供養をしてやるから、いますぐ利恵さんの体から出てゆきなさい」

と、言うと、利恵の目から再び涙が流れ出し、苦しそうなうめき声が微かな悲しげな泣き声へと変わってくる。

くぐもった男の声から、普段の利恵の声に変わり、

「わかった。本当に、供養を、してくれるんだな。私と、私の妻と、子の、供養を、してくれると、約束してくれるのなら、今度こそ、本当に、この女から、出てゆき、

二度と、祟りなすことを、しないと約束する。いままで祟ってきた遠藤家に対しても、これからは守護してゆくと約束する」

「よし。お前の言う通り、お前とお前の妻子の供養をきちんとしてやると約束する。だから約束通り、利恵さんの体から出てゆくがよい。わかったならお前の腕を、左右に揺らしながら、静かに上げてゆけ」

橋の言葉に利恵が大きくうなずく。

すると、今度は軽々と、何の抵抗もないように、利恵の腕が左右に揺れながら徐々に上がってゆく。

それは加賀美兵庫介光俊の霊が、橘の説得に応じたということの証だった。

二百数十年続いていた因縁の鎖がまるで音を立てて切れたように、震え、泣き、叫び、苦悶と、憎悪と、恨みと、悲しみに貫かれていた利恵の体が、急に支えがなくなったかのように崩れ落ちた。

すべてに決着がついたことを報せるかのように、橘が大きく息を吐いた。

その瞬間、橘の手の中にある祓幣が、暗く長かった因縁を一刀両断のもとに切り裂いた時《とき》の剣《つるぎ》のように見えた。

時の流れが不意に元の世界のそれに戻ったようだった。

脱力して前のめりに倒れ込んだ利恵を支えるように、佑輔が手をさしのべる。

利恵を苦しめていた霊が解き放たれたために起こる脱力状態であった。

文字通り憑きものが落ちた利恵の目がぽっかりと開いて、何かを探すように辺りを見回した。

自分の体を支えてくれている佑輔を見つけた利恵が微笑みながら小さな声で、

「ありがとう」

と、ささやいた。

優しく微笑む利恵を見つめる佑輔の目には涙がうっすらと光っていた。

除霊を終えた橘が、利恵と佑輔のふたりに、改めて遠藤家に災いをなしていた怨霊、加賀美兵庫介光俊の霊を神上がりさせることができたことを伝えた。

その際、加賀美兵庫介光俊の霊は、遠藤家に対して祟りをなしていたことを潔く認め、今後は遠藤家を守護することを橘に約束したのだ。

　橘は利恵に向かって、今までの数々の不幸は過去のものとして、これからをよりよく生きて行くことの大切さを語った。

　利恵は橘の言葉に深くうなずき、両親を含めた遠藤家の先祖をよく供養し、また加賀美兵庫介光俊の霊をも供養すると橘に約束した。

　そして佑輔にも、これまでの因縁を断ち切るために、こうして立ち会ってくれたことを感謝していると告げた。

「佑輔さんもまた被害者のひとりだったんですね」

　そう利恵がつぶやいた。

　利恵の言葉が終わらないうちに、意を決したように佑輔が口を開き、犯した罪は罪として、罰を受けなければいけないと、橘の目を見据えたまま、自首をする用意のあることを告げた。

　利恵は驚き、橘に救いの目を向ける。

　橘は利恵が佑輔を許しあまつさえ感謝さえしていることを強調し、すべては怨霊の所為であって誰の所為でもないことを丁寧に説いた。

「利恵さんの言う通り、君もまた被害者のひとりだと思う。江戸時代から続いた両家の因縁がもたらした災難だったのだ。だが、こうして君の協力もあって利恵さんを取り殺そうとしていた怨霊を除霊できただけでなく、両家にまつわる悪縁も断ち切ることができた。神上がりしてくれた霊は、今までとは逆に、今後は加賀美家はもちろん遠藤家をも守護してくれるだろう。それに、たとえ君が自首したとしても、警察では君が犯人であるということを立証することは不可能だし、君から得られる供述は、おそらく的外れなもので終わるはずだ」

橘が佑輔を諭している間中、驚いたことに利恵が佑輔の腕をとり、涙を流しながら自首することを留まるように懇願していたのである。

涙を拭こうともせずにひたすら小さな声で、

「お願い、佑輔さん、お願いだから自首しないで、お願い」

と、繰り返していた。

除霊をする前の利恵からは想像もつかないような変化に佑輔は戸惑いながらも、橘の言葉や利恵の願いに、自首することを思い留まったのである。

実に長く、充実した一日が終わったような心地いい疲労が、それぞれ三人の中に広がっていった。


橘に見送られて橘流陰陽道総本部を出ると、外はいつの間にか綺麗な黄昏に変わっていた。

遠藤利恵は加賀美佑輔の車に乗せてもらい帰ることになった。

手を振るふたりを見送りながら、帰りの車の中でどのような会話が交わされるのだろうかと橘は思った。

黄昏はいつの間にか夜を招き寄せて、東の空から昇り始めた月が、橘流陰陽道総本部の赤い鳥居に柔らかな光を投げかけていた。

終わりと始まり

☆

またいつも通りの橘流陰陽道総本部の一日が始まる。

橘が対面鑑定を終えて自室に戻るとすぐに机の上の電話が鳴った。

鑑定室にいる東城からだった。

「宗家、辻さんからの電話ですが、どうしますか。お仕事中でしたらお断りしてもかまわないですが」

「いえ、かまいません。こちらに回してください」

電話が転送されてくるまでの時間、橘は目をつぶり自分の内にある光り輝く存在を見つめ続けた。

電話は機械的なノイズを発したままで、その音はどこか深い地の底から聞こえてくる音のように感じられた。

橘が目を開けると、受話器から女の声が聞こえてきた。

「お電話かわりました、橘です」

「ご無沙汰しております。辻です。橘先生、今朝ほど加賀美佑輔が自首してきました。そのことをお伝えしたくてお電話させていただきました。もっとも、先生も予想していらっしゃるでしょうけど証拠不十分で加賀美佑輔の逮捕はないと思いますが」

橘はまるでこの電話を予期していたかのように動じることもなく、

「そうですか。自首しましたか」

と、言った。

辻が、含み笑いと幾分かの棘を含んだような声で、

「加賀美佑輔の自首騒動といい、この間大騒ぎをした遠藤利恵といい、陰陽師、橘宗輝という人は、一体彼らに何を吹き込んでいるのか、先日伺ってからずっと考えていました。果たして橘流陰陽道とはなんなのか。陰陽道の占いとはなんなのか。どこまで真実に近づけるものなのか。それと、個人的に非常に興味があることなんですが、あなたは一体何者なのか。その辺りのところをぜひ教えていただけないでしょうか」

と言う。

橘は警察の意向は別にして、辻個人が今回の一連の出来事に興味を覚えての電話であると判断した。

先日、北村と一緒にやってきた辻は、半信半疑の目で橘を見つめていた。陰陽師とはいえ、たかが占いによって、警察を出し抜けるわけがないと、そう思っているようであった。

「先日もそうでしたが、辻さんの口調から、非常に合理的に物事をお考えになる方だと思いますが、そんな方が私に興味があるとは大変うれしいことです。いずれにしても、加賀美佑輔が自首してきたというご連絡をいただきありがとうございました。もし橘流陰陽道にご興味がおありのようでしたら、お時間のあるときにもう一度こちらにいらしてください。私にお答えできることでしたら答えさせていただきますので。他に何かないようでしたらこれで失礼させていただきます」

橘はそう言って電話を切った。

辻からの電話はもうないだろうと思った。

辻が再び橘流陰陽道総本部を訪れることもないだろうと思った。

平行線上にある二つの思考は、何があろうと決して交わることはないのだ。

昔、学生だった頃に思い悩み、とことんまで追究した科学と科学の埒外に存在するものとの対立は、合理的な思考や、数々の理論や、宗教的な自己完結等の既存の思考だけではどうすることもできないものなのだ。

心霊現象や、その他の霊的なという表現で括られるものは、人の精神の奥にある魂の問題であり、その魂は思考だけでどうこうできるものではなく、肉体の中にあって、なお精神の中に存在するものなのだ。

霊肉の合致。

陰と陽。

すべてがそこに帰着して、そこからすべてがまた新しく循環してゆくのだ。

最初の第一段階で、循環の道のりの第一歩を踏み外してしまっている現代を生きる私たちは、一日も早くそのことに気づかなければならないのだ。

それは物質至上主義の現代社会では非常に難しいことなのかもしれない。

なぜとなれば大多数の人間の生き方に自ら背を向け、自分の信じた道をどこまでも信じて、俗世からは綺麗にこぼれ落ちるということなのだから。

所詮辻の言う橘流陰陽道に対しての興味は、物珍しさの域を出ることはあるまい。

科学的な根拠に裏打ちされたもの以外のものを、肯定することのできる人間とそうでない人間がいる。

相手の言葉が持つ、微かな目に見えない波動を感じることによって、その人間がどちら側の人間であるのか、橘には瞬時に読みとることができるのだった。

佑輔の逮捕は恐らくないだろう。

そして佑輔は、意を決して自首をしたということで、自分の中にわだかまっていた遠藤利恵に対する気持ちを、素直な形で表に出せるようになるだろうと思った。
遠藤家と加賀美家の新しい形がそこに生まれてきそうな予感があった。
橘は机の上に置かれている手紙を読み返した。
今朝届いたその手紙は、遠藤利恵からのものだった。

拝啓
涼しい日がつづいて、とても過ごしやすいです。
先生はお元気でしょうか。
先日は大変お世話になりました。本当にありがとうございます。
加賀美さんに送られて帰宅中、何故か涙が出てきました。
家に着き、お仏壇の前に座り、お線香をあげる時も涙が出ました。なんだろう
この涙は、と思いました。
安心感なのか、ほっとしたのか、気がはっていたのが、力がぬけて涙が出たのか……。

私は先生に出会い、私に取り憑いていた彼の憎しみ、言葉では表しようのない深い悲しみを知りました。

彼がそれを言葉で伝えることができなかったこと、それが悲しかったのかなとも思います。

そんな思いを私は知って涙が出ます。

でも、先生のおかげで幸せになったことと思います。ありがとうございます。

今思うと、彼が供養を望み、先生にどうかお願いしますと、深々と頭を下げたのかなと思いました。

やっと平穏が訪れました。長い間、空白の時間があるような、他人の人生を歩んできたような、何をしていたんだろうと思ったり、記憶の糸をたどるのですが、よく思い出せなかったりします。

これから、まっすぐ前を向いてしっかり頑張ります。

正直言って、何回か死にそうになったり、何度か本気で死のうと思ったことがありました。恥ずかしい話ですよね。

でも、今生きていて良かったと思います。何年かぶりにぐっすり眠ることもできました。悪夢も見ていません。

自分の人生もこれからかなって思えるようになりました。

昔から孤独感があり、ひとりでいるときの孤独よりも誰かがいるときの孤独の方が強く感じたような、今はそんな孤独感も薄れました。

不思議です。明るくまっすぐ前を見ています。

以前は心がコントロールできず、悩んでいました。

怒りが出てきたり、悲しくて悲しくて涙が止まらなかったり。今は嘘のように頭、心、体、三つのバランスがとれて、やっとまとまってひとつになった気がします。

すべて先生のおかげです。本当にありがとうございます。

もっと早く出会っていたらと思いますが、きっとこれが運命なのかなと思います。

散歩をしてもこんなに太陽の下っていいなって思うことは今までなかったこと

です。

現在は部屋探しをしているところです。

今度はうまくいくかなって不安になるけど、自分を信じて、あせらず頑張っていきます。

小さかった時は、人に優しくありたい、人の役に立ちたい、思いやりをもちたいとか、みんなと仲良くだとか、簡単なことのような、難しいような、でも大人になるにつれて、大切なことをひとつまたひとつと忘れていってるような気がします。

考えてばかりいても時間だけが過ぎてゆくので行動に移そうと思っています。

何故今自分がここにいるのか、何がしたいのか、考えます。

まっすぐ前を向いて自分らしく生きていきたいです。

本当の自分、こうあってほしい自分、探しつつ生きていきます。

先祖供養も忘れずにします。遠藤家のご先祖様、加賀美家のご先祖様、長い時間と歴史があるからこそ、私が今ここにいます。

世の中には目に見えないことや、因縁や怨念があることも知りました。

今は自然と手を合わせ、先祖供養をするようになりました。

先生のおかげです。ありがとうございます。

正直言って、陰陽道に気が引かれています。

そして先生の力にもすごい‼　の一言しかありません。

合掌していると不思議なくらい安心感というか落ち着きました。

祝詞をあげているときも、自分の手と体の中で、気というか何かが動いていていてすごく熱くなりました。

私もそういう力を身に付けたいと思いました。

橘流陰陽道を真剣に学びたいと思いました。

先生をはじめ、お弟子さん方、みなさんに感謝します。

本当にありがとうございました。

心から感謝いたします。

敬具

平成十五年六月二十六日

遠藤利恵

橘宗輝様

手紙を読み終えると、橘は立ち上がって鑑定室へと向かった。

東城も、浦上も、内弟子のひとりひとりも、一生懸命に自分に与えられた仕事をこなしていた。

橘が鑑定室の中に入ると、宗家がいてくれるという安心感からか、その場がより一層活気づいてきたようだった。

また新しく電話が鳴った。

「はい、橘流陰陽道総本部です」

橘流陰陽道総本部
千葉県長生郡白子町八斗2494－2
電　話　0475-30-3760
ＦＡＸ　0475-30-3512
受付　午前８時～深夜２時
ホームページ　http://www.t-onmyoudou.com

著者プロフィール

石井 稔（いしい みのる）

1962年、東京都に生まれる。

埼玉県立所沢東高等学校卒業後放浪の旅に出る。その途中、陰陽師・橘宗輝と出会う。この出会いによって人生観が変わる。

現在、橘流陰陽道総本部の陰陽師として多忙な日を送っている。

時の剣 平成の陰陽師・橘 宗輝物語

2003年12月15日　初版第1刷発行

著　者　石井 稔
発行者　瓜谷 綱延
発行所　株式会社文芸社
〒160-0022 東京都新宿区新宿1－10－1
電話 03-5369-3060（編集）
03-5369-2299（販売）

印刷所　株式会社平河工業社

ISBN4-8355-6721-8 C0093